音数で引く 冬+新年

俳句歳時記

Naoki Kishimoto
岸本尚毅=監修

西原天気=編

草思社

音数で引く俳句歳時記・冬＋新年

岸本尚毅監修・西原天気編

はじめに　　岸本尚毅

以下は、高浜虚子の息子の年尾《としお》による「思ひ出づるままに」（「ホトトギス」昭和四十三年三月号）という一文の一節です。

昭和三十一年の暮に、又NHKから昔のような句会の模様を放送したいと希望して来た。そのメンバーには、時の代議士である大野万木《ばんぼく》、林鯑児《じょうじ》に吉屋信子、森田たまの他私達親子三人がNHKの方で指定して来てあった。その折の句会の清記の紙が私の手元に保存されてある。NHKの父の句日記では特にその時の句は、十二月三十日の晦日会の中に二句入れられてある。併《しか》し私の手元の清記稿の中から次の五句を取り出すことが出来る。

忘るゝが故に健康老《おい》の春　虚子

鎌倉の此処に住《す》み古《ふ》り初日の出　同

恨むまじ五《ご》風十雨《ふうじゆうう》のお降《さが》りを　同
擾乱《じようらん》のハンガリーとや国の春　同
初句会万木鮒児信子たま　同

この五句の投句小短冊は現在私の手元に残って居る。

大野万木（伴睦）と林鮒児（譲治）は政治家。吉屋信子と森田たまは作家。「親子三人」は虚子、年尾、星野立子と思われます。NHKで放送される句会に、虚子は毛色の違う五句を並べました。「老の春」と詠んだ虚子は当時八十二歳。「擾乱のハンガリー」は当時発生した「ハンガリー動乱」。参加者の名を連ねた「初句会」は人を食った挨拶句です。

「鎌倉の此処に住み古り初日の出」は「句日記」の日付に「昭和三十一年十二月三十日、晦日会、扇ガ谷、香風園」とあります。この句は「玉藻」昭和三十二年三月号にも「鎌倉のこゝに住み古り初日かな」という形で掲載されています。

鎌倉の此処に住み古り初日の出
鎌倉のこゝに住み古り初日かな

虚子の頭の中にはこの二つの形がありました。「初日の出」のほうが、勢いがあります。「此処に」を「こゝに」と仮名書きにした「初日かな」のほうが、柔らかく、おだやかです。虚子は、政治家や女流作家と句を競い合う句会には、勢いのある「初日の出」の形で出しましたが、句の気負いを感じ、あとで「初日かな」に直したのかもしれません。「初日の出」とするか「初日かな」とするか。虚子先生ならぬ我々が、句の表現を綿密に吟味するとき、本書が大いに役に立ちます。本書を通じ、読者の皆さんが俳句表現の微妙な面白さを味わってくださることを期待しています。

目次

冬

新年

凡例

●本書は、冬（立冬から立春の前日まで）および新年の季語を対象にしています。冬の季語に付した初冬・仲冬・晩冬の区別はおおむね新暦一一月・一二月・一月に対応しています。

●見出し語の下に、読みを、現代仮名遣い・歴史的仮名遣いの順で記しています（同じ場合は前者のみ）。

●見出し語のあとに関連季語を音数別に挙げ（例：冬の梅 4音 寒梅《かんばい》 6音 寒紅梅《かんこうばい》）、続いて、見出し語と同じ音数の関連季語を立項しています。関連季語は、それぞれの音数にしたがい、所定の章にも立項し、主要季語のページ数を記しています。

●音数は俳句の通例に従い、拗音《ようおん》（きゃ、しゅ、ちょ等）、撥音《はつおん》（ん）、促音《そくおん》（っ）を1音と数えています。
例：極寒（ごっかん）＝4音　温州蜜柑（うんしゅうみかん）＝7音

●振り仮名は原則として現代仮名遣いを用いています。ただし送り仮名が歴史的仮名遣いの場合は振り仮名も歴史的仮名遣いとしています。例：咥へる＝咥《くは》へる

●例句は、元の掲載時に振り仮名がない場合も、適宜、難読語等に振り仮名を記しています。

●季語についての解説は、本書の用途の性質上、最小限にとどめています。

冬

1音の季語

1音 生活

炉 ろ 三冬

例 死を遁れミルクは甘し炉はぬくし　橋本多佳子

2音 **炉火《ろび》**

3音 **囲炉裏《いろり》**

4音 **炉開《ろびらき》**

6音 **囲炉裏開《いろりひら》く**

2音の季語

2音 時候

冬 ふゆ 三冬

例 窓々の灯のおちつきのすでに冬　久保田万太郎

例 思考停止《エポケー》の白雲があり冬と知る　藤田哲史

例 金借りて冬本郷の坂くだる　佐藤鬼房

例 冬すでに路標にまがふ墓一基　中村草田男

4音 **三冬《さんとう》**　**九冬《きゅうとう》**　**玄冬《げんとう》**　**玄英《げんえい》**　**黒帝《こくてい》**　**玄帝《げんてい》**　**冬帝《とうてい》**

6音 **冬将軍《ふゆしょうぐん》**

暮 くれ 仲冬・暮 ⇩年の暮〔74頁〕

除夜 じょや　ぢよや　仲冬・暮

例 わが家のいづこか除夜の釘をうつ　山口誓子

例 下駄ひゞき六区の除夜の過ぎんとす　西東三鬼

3音 **年夜《としや》　除夕《じょせき》**

4音 **年《とし》の夜《よ》**

5音 **年一夜《としひとよ》　年《とし》の晩《ばん》**

寒　かん　晩冬

寒の入《いり》〔75頁〕から寒明《かんあけ》（立春の前日）まで、すなわち一月五日頃から二月三日頃まで。

例 背にひたと一枚の寒負ふごとし　原子公平

3音 **寒九《かんく》**

4音 **寒中《かんちゅう》**

5音 **寒《かん》の内《うち》　寒四郎《かんしろう》**

凍む　しむ　三冬　⇩凍《こお》る〔21頁〕

凍つ／冱つ　いつ　三冬

例 地球凍てぬ月光之を照しけり　高浜虚子

4音 **凍《いて》つく　凍晴《いてばれ》　凍結《とうけつ》　凍道《いてみち》　凍窓《いてまど》　凍玻璃《いてはり》　凍《とう》光《こう》　凍割《いてわ》る　凍靄《いてもや》**

5音 **凍湊《いてみなと》　凍曇《いてぐもり》　凍霞《いてがすみ》**

凍　いて　三冬　⇨凍つ

冴ゆ　さゆ　三冬

例 机上冴ゆけふ一日を拠らざりし　大野林火

3音 **灯《ひ》冴《さ》ゆ**

4音 **冴《さ》ゆる夜《よ》　声冴《こえさ》ゆ　霜冴《しもさ》ゆ　影冴《かげさ》ゆ**

5音 **冴《さ》ゆる月　冴《さ》ゆる風　冴《さ》ゆる星**

冴え　さえ　三冬　⇨冴ゆ

2音 天文

北風　きた　三冬　⇩北風《きたかぜ》〔44頁〕

霜　しも　三冬

例 段丘の霜光りなす千曲川　相子智恵

例 ワイパーのけづり寄せたる今朝の霜　依光陽子

例 地は霜に世は欲望に輝ける　小川軽舟

3音 **夜霜《よしも》　青女《せいじょ》　濃霜《こしも》**

4音 霜解《しもどけ》　霜晴《しもばれ》　大霜《おおしも》　深霜《ふかしも》　強霜《つよしも》　朝霜《あさしも》　霜凪《しもなぎ》
5音 霜の声　霜雫《しもしずく》　霜の花　はだれ霜　霜だたみ
霜日和《しもびより》

雪　ゆき　三冬

例 いくたびも雪の深さを尋ねけり　正岡子規
例 空港にさらに一泊さらに雪　小池康生
例 寿司桶に降り込む雪の速さかな　太田うさぎ
例 泥に降る雪うつくしや泥になる　小川軽舟
例 雪つもる銀閣があり家があり　岸本尚毅
例 きつと来ん果して来り雪の客　高浜虚子

3音 六花《りっか》　銀花《ぎんか》　深雪《みゆき》　粉雪《こゆき》　小雪《こゆき》　根雪《ねゆき》　雪庇《せっぴ》
雪華《せっか》　暮雪《ぼせつ》　飛雪《ひせつ》
4音 雪空《ゆきぞら》　粉雪《こなゆき》　大雪《おおゆき》　豪雪《ごうせつ》　白雪《しらゆき》　餅雪《もちゆき》　新雪《しんせつ》
積雪《せきせつ》　べと雪　雪紐《ゆきひも》　筒雪《つつゆき》　冠雪《かんせつ》　水雪《みずゆき》　雪片《せっぺん》　湿雪《しっせつ》
雪風《ゆきかぜ》　雪国《ゆきぐに》
5音 六花《むつのはな》　雪の花　雪明り　雪の声　細雪《ささめゆき》　小米雪《こごめゆき》
俵雪《たわらゆき》　衾雪《ふすまゆき》　明《あけ》の雪　今朝《けさ》の雪　雪の宿　しまり雪
ざらめ雪　雪月夜《ゆきづきよ》　雪景色

2音　生活

綿　わた　三冬

3音 真綿《まわた》
4音 唐綿《とうわた》　夜具綿《やぐわた》
5音 木綿《もめん》わた

夜着　よぎ　三冬

3音 小夜着《こよぎ》
4音 掻巻《かいまき》

足袋　たび　三冬

例 夜は孔雀拡がるごとし足袋はくとき　中嶋秀子

4音 革足袋《かわたび》　白足袋《しろたび》　色足袋《いろたび》

餅　もち　仲冬

例 おのづからくづるる膝や餅やけば　桂信子

4音 **餅焼く**　**黴餅**《かびもち》
5音 **きな粉餅**

炭　すみ　三冬

例 くらがりに二つの炭の燃ゆるかな　岸本尚毅

3音 **炭火**《すみび》
4音 **埋火**《うずみび》　**消炭**《けしずみ》　**消**《き》**え炭**《ずみ》　**炭斗**《すみとり》／**炭取**《すみとり》　**十能**《じゅうのう》　**炭櫃**《すみびつ》
炭箱《すみばこ》　**炭籠**《すみかご》
5音 **炭俵**《すみだわら》

炉火　ろび　三冬　⇩炉《ろ》〔12頁〕

例 硝子戸にさながら燃ゆる爐火《ろび》あかし　富安風生
例 つひに来ず炉火より熱き釘ひらふ　橋本多佳子

榾　ほた　三冬

囲炉裏や薪ストーブの燃料にする木の幹や枝。

例 燃えしぶる榾と家守る貌一つ　成田千空
例 大榾をかへせば裏は一面火　高野素十

3音 **根榾**《ねほだ》　**榾火**《ほたび》

火事　かじ　くわじ　三冬

例 松の辺に火事の火の粉の来ては消ゆ　岸本尚毅
例 キャバ嬢と見てゐるライバル店の火事　北大路翼
例 地底ですか地底ですねと火事の客　佐山哲郎
例 暗黒や関東平野に火事一つ　金子兜太
例 女待つ見知らぬ町に火事を見て　上田五千石

3音 **大火**《たいか》　**夜火事**《よかじ》
4音 **山火事**《やまかじ》　**遠火事**《とおかじ》　**昼火事**《ひるかじ》　**夜火事**《よるかじ》　**火事跡**
5音 **火事見舞い**
6音 **火**《ひ》**の見櫓**《みやぐら》

小火　ぼや　三冬　⇨火事

橇　そり　三冬

干菜　ひば　初冬　⇩干菜《ほしな》〔29頁〕

狩　かり　三冬

3音 **狩猟**《しゅりょう》　**狩場**《かりば》　**猟期**《りょうき》　**猟夫**《さつお》　**マタギ**　**猟師**
4音 **猟犬**　**猟銃**　**狩人**《かりうど》　**猟人**《りょうじん》

5音 **獣狩《けものがり》　狩の宿　狩の犬**

猟　りょう　れふ　三冬　⇨狩

勢子　せこ　三冬　⇨狩

風邪　かぜ　三冬

例 風邪にねて我が家の一日見たりけり　五十嵐播水

例 大空を見てゐて風邪を引きにけり　小川軽舟

例 縁談や巷に風邪の猛りつゝ　中村草田男

4音 **感冒　流感　風邪声　鼻風邪**

5音 **流行風邪《はやりかぜ》　風邪薬《かぜぐすり》　風邪心地《かぜごこち》　風邪の神**

7音 **インフルエンザ**

咳　せき　三冬

例 いくつかの言語の咳の響きけり　橋本直

例 接吻もて映画は閉ぢぬ咳満ち満つ　石田波郷

例 行く人の咳こぼしつゝ遠ざかる　高浜虚子

4音 **咳《しわぶ》き　咳《しわぶ》く**

胼　ひび　晩冬

2音　動物

熊　くま　三冬

3音 **羆《ひぐま》**

4音 **赤熊　白熊　黒熊　熊の子**

6音 **月輪熊《つきのわぐま》　北極熊**

猯　まみ　三冬　⇩貛《あなぐま》〔61頁〕

貂　てん　三冬

獐／麞　のろ　三冬

4音 **のろじか**

鷹　たか　三冬

例 かの鷹に風と名づけて飼ひ殺す　正木ゆう子

例 わが骨を見てゐる鷹と思ひけり　秋元不死男

例 一点の鷹呑みほして天澄めり　平井照敏

3音 **鵟《のすり》　沢鵟《ちゅうひ》　鶚《みさご》**

4音 **大鷹《おおたか》　蒼鷹《あおたか》　八角鷹《はちくま》　熊鷹《くまたか》**

5音 蒼鷹《もろがえり》

鷲 わし 三冬

4音 大鷲《おおわし》 犬鷲《いぬわし》

5音 尾《お》白鷲《じろわし》

づく ずく 三冬 ⇩木菟《みみずく》〔62頁〕

鴨 かも 三冬

例 やや冷えて鴨待つ水のひろさかな 鷲谷七菜子

例 地を歩くときの楽しさ鴨の顔 沢木欣一

例 つるされて尾のなき鴨の尻淋し 正岡子規

例 鴨を見に皆行きし留守たゞ楽し 高浜虚子

3音 真鴨《まがも》 小鴨《こがも》 秋沙《あいさ》

4音 青頸《あおくび》 鈴鴨《すずがも》 葦鴨《あしがも》 蓑鴨《みのがも》 葭鴨《よしがも》 蓑葭《みのよし》 あぢむら 鴨打《かもうち》 鴨舟《かもぶね》 鴨道《かもみち》

5音 巴鴨《ともえがも》 尾《お》長鴨《ながかも》 星羽白《ほしはじろ》 鴨の声 鴨の陣

7音 金黒羽白《きんくろはじろ》

をし おし 三冬 ⇩鴛鴦《おしどり》〔63頁〕

鳰／鸊鷉 にお にほ 三冬 ⇩鳰《かいつぶり》〔99頁〕

鶴 つる 三冬

例 鶴眠るころか蠟燭より泪 鳥居真里子

例 鶴よりもましろきものに處方箋 八田木枯

例 一竿の国旗舞ふかに鶴の舞 中村草田男

例 高熱の鶴青空に漂へり 日野草城

4音 丹頂《たんちょう》 鍋鶴《なべづる》 真鶴《まなづる》 黒鶴《くろづる》

5音 姉羽鶴《あねはづる》

6音 袖黒鶴《そでぐろづる》

鮫 さめ 三冬

例 本の山くづれて遠き海に鮫 小澤實

4音 猫鮫《ねこざめ》 青鮫《あおざめ》 星鮫《ほしざめ》 虎鮫《とらざめ》

5音 撞木鮫《しゅもくざめ》

6音 葭切鮫《よしきりざめ》 鋸鮫《のこぎりざめ》

鱶 ふか 三冬 ⇨鮫

例 焼却炉より鱶のかたちが立ち上る 金原まさ子

しび　三冬　⇩鮪《まぐろ》〔32頁〕

まな　三冬　⇩鯧《まながつお》〔100頁〕

鱈／雪魚　たら　三冬

3音　真鱈《まだら》　鱈場《たらば》　鱈子《たらこ》

4音　本鱈《ほんだら》　磯鱈《いそだら》　沖鱈《おきだら》　鱈船《たらぶね》　鱈網《たらあみ》

5音　子持鱈《こもちだら》

鰤　ぶり　三冬

3音　鰤場《ぶりば》

4音　寒鰤《かんぶり》　大鰤《おおぶり》　入道《にゅうどう》　大魚《おおいお》　巻鰤《まきぶり》

鯥　むつ　晩冬

4音　鯥の子

ぐじ　三冬　⇩甘鯛《あまだい》〔65頁〕

ぎす　三冬　⇩だぼ鱚《ぎす》〔66頁〕

ひめ　三冬　⇩ひめぢ〔33頁〕

授魚　じゅぎょ　三冬　⇩鮟鱇《あんこう》〔66頁〕

鯇／阿羅　あら　三冬

4音　鯇網《あらあみ》

5音　沖鱸《おきすずき》

氷魚　ひお　ひを　三冬　⇩氷魚《ひうお》〔33頁〕

河豚／鰒　ふぐ　三冬

例　人の世を河豚の眼玉のにらみけり　寺田寅彦

3音　真河豚《まふぐ》　ふくと　ふぐと

4音　虎河豚《とらふぐ》　箱河豚《はこふぐ》　胡麻河豚《ごまふぐ》　草河豚《くさふぐ》　金河豚《きんふぐ》

5音　赤目河豚《あかめふぐ》　海雀《うみすずめ》　河豚の毒　河豚中《ふぐあた》り

6音　針千本《はりせんぼん》　河豚提灯《ふぐちょうちん》　潮前河豚《しょうさいふぐ》　糸巻河豚《いとまきふぐ》

ふく　三冬　⇨河豚

牡蠣／石花　かき　三冬

例　喉すべる牡蠣や次なる牡蠣を手に　椎野順子

例　空中に新郎新婦皿に牡蠣　北大路翼

3音　真牡蠣《まがき》　牡蠣田《かきた》

4音　長牡蠣《なががき》　蝦夷牡蠣《えぞがき》　牡蠣殻《かきがら》　牡蠣船《かきぶね》

5音　板甫牡蠣《いたぼがき》

6音 **住江牡蠣**《すみのえがき》

2音 植物

枯 かれ 三冬 ⇩冬枯《ふゆがれ》〔69頁〕

枯る かる 三冬 ⇩冬枯〔同右〕

葉菜 はな 三冬 ⇩冬菜《ふゆな》〔36頁〕

葱 ねぎ 晩冬

例 納豆のために葱あり朝日あり 須原和男

例 上州や葱の匂ひのマイクロフォン 林桂

例 夢の世に葱を作りて寂しさよ 永田耕衣

3音 **根深**《ねぶか》

4音 **一文字**《ひともじ》 **葱抜**《ねぎぬ》**く**

5音 **千住葱**《せんじゆねぎ》 **深谷葱**《ふかやねぎ》 **九条葱**《くじようねぎ》 **葱洗ふ** **葱畑**《ねぎばたけ》

6音 **下仁田葱**《しもにたねぎ》

蕪 かぶ 三冬

例 画室成る蕪を贈つて祝ひけり 正岡子規

例 蕪干して夕方の鶏うごかざる 岸本尚毅

3音 **蕪**《かぶら》 **蕪菜**《かぶな》 **日野菜**《ひのな》 **小蕪**《こかぶ》

4音 **蕪菜**《かぶらな》 **赤蕪**《あかかぶ》 **大蕪**《おおかぶ》 **蕪畑**《かぶばた》

5音 **据**《すわ》**り蕪**《かぶ》 **蕪洗**《かぶあら》**ふ** **蕪畑**《かぶらばた》

7音 **聖護院蕪**《しょうごいんかぶ》 **天王寺蕪**《てんのうじかぶ》

3音の季語

3音　時候

初冬　しょとう　初冬　⇩初冬《はつふゆ》〔37頁〕

冬来　ふゆく　初冬　⇩立冬〔37頁〕

小春　こはる　初冬

立冬以降に、暖かく穏やかな天候が続くこと。また旧暦一〇月（新暦おおむね一一月）の異称。

4音　**小春日《こはるび》**

5音　**小六月《ころくがつ》**　**小春空《こはるぞら》**　**小春風《こはるかぜ》**　**小春凪《こはるなぎ》**

6音　**小春日和《こはるびより》**

冬至　とうじ　仲冬

例　地球儀の海に日の差す冬至かな　広渡敬雄

季冬　きとう　晩冬　⇩晩冬〔38頁〕

下冬　かとう　晩冬　⇩晩冬〔同右〕

師走　しわす　しはす　仲冬　晩冬・暮

4音　**極月《ごくげつ》**　**臘月《ろうげつ》**

5音　**三冬月《みふゆづき》**　**弟月《おとごづき》／乙子月《おとごづき》**　**親子月《おやこづき》**

6音　**春待月《はるまちづき》**　**梅初月《うめはつづき》**

節季　せっき　晩冬・暮

歳末のこと。旧暦を用いた頃の異称。

5音　**大節季《おおせっき》**

6音　**節季仕舞《せっきじまい》**

歳暮　さいぼ　仲冬・暮　⇩年の暮〔74頁〕

歳暮　せいぼ　仲冬・暮　⇩年の暮〔同右〕

除日　じょじつ　ぢょじつ　仲冬・暮　⇩大晦日《おおみそか》〔74頁〕

年夜　としや　仲冬・暮　⇩除夜〔12頁〕

除夕　じょせき　ぢょせき　仲冬・暮　⇩除夜〔同右〕

大呂　たいろ　晩冬

旧暦一二月の異称。

寒九　かんく　晩冬　⇩寒〔13頁〕
寒に入って九日目のこと。

寒暮　かんぼ　三冬　⇩冬の暮〔75頁〕

冬夜　ふゆよ　三冬　⇩冬の夜《よ》〔40頁〕

寒夜　かんや　三冬　⇩冬の夜〔同右〕

霜夜　しもよ　三冬

寒し　さむし　三冬

例 京寒し金閣薪にくべてなほ　中村安伸

例 おはやうと言はれて言うて寒きこと　榎本享

例 僕よ寒くて僕のどこかを摑んでゐた　大塚凱

4音 **寒冷**《かんれい》

寒さ　さむさ　三冬　⇨寒し

寒気　かんき　三冬　⇨寒し

寒威　かんい　かんゐ　三冬　⇨寒し

寒苦　かんく　三冬　⇨寒し

凍る／氷る　こおる　こほる　三冬

2音 **凍**《し》**む**

凍ゆ　こごゆ　三冬　⇨凍る

灯冴ゆ　ひさゆ　三冬　⇩冴《さ》ゆ〔13頁〕

寒波　かんぱ　晩冬

4音 **寒波**《かんぱ》**来**《く》

6音 **冬一番**《ふゆいちばん》

凍れ　しばれ　晩冬

4音 **しばれる**

5音 **からしばれ**

真冬　まふゆ　晩冬　⇩冬深し〔76頁〕

四温　しおん　しをん　晩冬　⇩三寒四《さんかんし》温《おん》〔119頁〕

節分　せちぶ　晩冬　⇩節分〔42頁〕

3音　天文

冬日／冬陽　ふゆひ　三冬

例　大仏に袈裟掛にある冬日かな　一茶

例　旅客機の真中の座席まで冬日　杉原祐之

例　旗のごとなびく冬日をふと見たり　高浜虚子

4音　**冬の日**

5音　**冬日向《ふゆひなた》**　**冬日差**　**冬日影**　**冬日《ふゆび》没《い》る**　**冬落暉《ふゆらっき》**

すばる　三冬

牡牛座にあるプレアデス星団。

4音　**昴宿《ぼうしゅく》**

5音　**六連星《むつらぼし》**　**寒昴《かんすばる》**　**冬昴《ふゆすばる》**

6音　**羽子板星《はごいたぼし》**

乾風　あなぜ　三冬

冬に西日本で北西から吹く乾いた強風。

あなじ　三冬　⇨乾風

あなし　三冬　⇨乾風

ならひ／北風　ならい　ならひ　三冬

冬に東日本の太平洋側で吹く北あるいは北西の風。

時雨　しぐれ　初冬

例　世にふるもさらにしぐれの宿りかな　宗祇

5音　**朝時雨《あさしぐれ》**　**夕時雨《ゆうしぐれ》**　**小夜時雨《さよしぐれ》**　**村時雨《むらしぐれ》**　**北時雨《きたしぐれ》**

横時雨《よこしぐれ》　**片時雨《かたしぐれ》**　**月時雨《つきしぐれ》**　**時雨雲《しぐれぐも》**　**時雨傘《しぐれがさ》**

6音　**時雨心地《しぐれごこち》**

7音　**北山時雨《きたやましぐれ》**

時雨る　しぐる　初冬　⇨時雨

例　しぐるるや駅に西口東口　安住敦

液雨　えきう　初冬　⇨時雨

凍雨　とうう　三冬　⇩冬の雨〔79頁〕

霰　あられ　三冬

例　盤石をめがけて霰降り集ふ　山口誓子

4音　**急霰《きゅうさん》**

5音　**初霰《はつあられ》**　**夕霰《ゆうあられ》**　**玉霰《たまあられ》**　**雪あられ**

6音　**氷《こおり》あられ**

霙　みぞれ　三冬

4音 雪交《ゆきま》ぜ

5音 雪雑《ゆきまじ》り

霙る　みぞる　三冬　⇨霙

氷雨　ひさめ　三冬　⇨霙

霧氷　むひょう　晩冬

霧の粒が冷却され、木などに吹き付けられ、氷となったもの。

5音 **霧の花**　**霧氷林《むひょうりん》**

粗氷　そひょう　晩冬　⇨霧氷

木花　きばな　晩冬　⇨霧氷

樹氷　じゅひょう　晩冬

大気中の水蒸気が木の表面などで凍結すること。

5音 **樹氷林《じゅひょうりん》**　**樹氷原《じゅひょうげん》**

樹霜　じゅそう　じゅさう　晩冬　⇨樹氷

大気中の水蒸気が木の表面などで霜になること。

雨氷　うひょう　晩冬

霧雨が地表などに凍りついたもの。

氷霧　ひょうむ　晩冬　⇩氷晶《ひょうしょう》〔44頁〕

霧雪　むせつ　晩冬　⇩氷晶〔同右〕

夜霜　よしも　三冬　⇩霜〔13頁〕

青女　せいじょ　せいぢょ　三冬　⇩霜〔同右〕

濃霜　こしも　三冬　⇩霜〔同右〕

凍露　とうろ　三冬　⇩露凝《つゆこ》る〔45頁〕

雪気　ゆきげ　三冬　⇩雪催《ゆきもよい》〔80頁〕

雪意　せつい　三冬　⇩雪催〔同右〕

六花　りっか　りくくわ　三冬　⇩雪〔14頁〕

銀花　ぎんか　ぎんくわ　三冬　⇩雪〔同右〕

深雪　みゆき　三冬　⇩雪〔同右〕

粉雪　こゆき　三冬　⇩雪〔同右〕

小雪　こゆき　三冬　⇩雪〔同右〕

根雪　ねゆき　三冬　⇩雪〔同右〕

雪庇　せっぴ　三冬　⇩雪〔同右〕

雪華　せっか　せつくわ　三冬　⇩雪〔同右〕

暮雪　ぼせつ　三冬　⇩雪〔同右〕

飛雪　ひせつ　三冬　⇩雪〔同右〕

吹雪　ふぶき　晩冬

4音　**地吹雪《じふぶき》**　**雪浪《ゆきなみ》**

5音　**雪煙《ゆきけむり》**　**雪煙《ゆきけぶり》**

吹雪く　ふぶく　晩冬　⇨吹雪

例　某日やひらけば吹雪く天袋　鳥居真里子

風巻　しまき　晩冬　⇩雪しまき〔81頁〕

しまく　しまく　晩冬　⇩雪しまき〔同右〕

垂り　しずり　しづり　三冬

樹木や軒に積もった雪がずり落ちること。

5音　**しづり雪**

垂れ　しずれ　しづれ　三冬　⇨垂り

煙霧　えんむ　三冬　⇩スモッグ〔46頁〕

3音　地理

冬野　ふゆの　三冬

例　いつの日も冬野の真中帰りくる　平井照敏

例　骨灰となりぬ冬野のてのひらに　齋藤玄

4音　**冬の野**

雪野　ゆきの　三冬　⇩雪原《せつげん》〔47頁〕

枯野／裸野　かれの　三冬

例　紐解かれ枯野の犬になりたくなし　榮猿丸

4音　**枯原《かれはら》**

5音　**枯野道《かれのみち》**　**枯野宿《かれのやど》**　**枯野人《かれのびと》**　**枯野原《かれのはら》**

冬田　ふゆた　三冬

例　冬田見るうちにも星のふえて来る　相生垣瓜人

4音　**冬の田**　**休め田**　**雪の田**

5音　**冬田道**　**冬田面《ふゆたのも》**

氷　こおり　こほり　晩冬

4音 氷塊《ひょうかい》　結氷《けっぴょう》　氷上《ひょうじょう》　氷雪《ひょうせつ》　氷田《ひょうでん》　氷壁《ひょうへき》　凍裂《とうれつ》

5音 厚氷《あつごおり》　綿氷《わたごおり》　氷面鏡《ひもかがみ》　氷点下《ひょうてんか》　氷張る　氷閉《こおりと》づ

蟬氷《せみごおり》

6音 氷の声　氷の花　氷結ぶ

7音 氷の楔《くさび》

氷柱　つらら　晩冬

4音 銀竹《ぎんちく》　氷条《ひょうじょう》　氷笋《ひょうじゅん》　氷筋《ひょうきん》

垂氷　たるひ　晩冬　⇨氷柱

立氷　たちひ　晩冬　⇨氷柱

氷箸　ひょうちょ　晩冬　⇨氷柱

氷湖　ひょうこ　晩冬

4音 氷盤《ひょうばん》

5音 凍結湖《とうけつこ》　結氷湖《けっぴょうこ》

7音 湖凍《みずうみこお》る　冬の湖《みずうみ》

凍湖　とうこ　晩冬　⇨氷湖

凍土　とうど　三冬　⇩凍土《いてつち》〔48頁〕

3音

3音　生活

冬着　ふゆぎ　三冬

例　M列六番冬着の膝を越えて座る　榮猿丸

4音 冬服　冬物　冬シャツ／冬襯衣《ふゆしゃつ》

5音 冬の服

真綿　まわた　三冬　⇩綿《わた》〔14頁〕

布子　ぬのこ　三冬　⇩綿入《わたいれ》〔49頁〕

小袖　こそで　三冬　⇩綿入〔同右〕

おひえ　三冬　⇩綿入〔同右〕

小夜着　こよぎ　三冬　⇩夜着《よぎ》〔14頁〕

蒲団／布団　ふとん　三冬

例　怖い漫画朝の蒲団の中にあり　小久保佳世子

例　蒲団屋の命の果てのやうな柄　山口東人

例　玉の井にいまなほわれを待つ蒲団　間村俊一

5音 掛蒲団《かけぶとん》　敷蒲団《しきぶとん》　藁蒲団《わらぶとん》　羽蒲団《はねぶとん》　絹蒲団《きぬぶとん》　蒲《ふ》

団干《とんほ》す　干蒲団《ほしぶとん》　肩蒲団《かたぶとん》　背蒲団《せなぶとん》　腰蒲団《こしぶとん》

厚着　あつぎ　三冬

4音　**重ね着**

褞袍　どてら　三冬

4音　**丹前《たんぜん》**

紙子／紙衣　かみこ　三冬

和紙に柿渋を塗り、揉んで柔らかくして生地にしたもの。元は僧侶の衣服。

4音　**紙ぎぬ**　**素紙子《すがみこ》**

5音　**白紙子《しろかみこ》**

毛皮　けがわ　けがは　三冬

例　全人類を罵倒し赤き毛皮行く　柴田千晶

5音　**毛皮売《けがわうり》**　**毛皮店《けがわてん》**　**裘《かわごろも》**

毛布　もうふ　三冬

例　毛布からのぞくと雨の日曜日　加藤かな文

例　戦場のカメラ毛布に包まるる　齋藤朝比古

6音　**電気毛布《でんきもうふ》**

ケット　三冬　⇨毛布

例　東京タワー赤いケットにくるみたし　八田木枯

パッチ　三冬　⇩股引《ももひき》〔50頁〕

もんぺ　三冬

ジャケツ　三冬　⇩セーター〔50頁〕

コート　三冬　⇩外套《がいとう》〔50頁〕

マント　三冬

5音　**インバネス**

とんび　三冬　⇨マント

ヤッケ　三冬　⇩アノラック〔85頁〕

パーカ　三冬　⇩アノラック〔同右〕

頭巾　ずきん　三冬

ショール　三冬

4音　**肩掛《かたかけ》**　**ストール**

手套　しゅとう　しゆたう　三冬　⇩手袋〔50頁〕

ブーツ　三冬

マスク　三冬

例　マスクして我と汝でありしかな　高浜虚子

毛糸　けいと　三冬

5音　**毛糸編む**　**毛《け》糸《いと》玉《だま》**

あられ　晩冬　⇩霰餅《あられもち》〔86頁〕

寝酒　ねざけ　三冬

葛湯　くずゆ　三冬

蕎麦湯　そばゆ　三冬

おじや　三冬　⇩雑炊〔51頁〕

治部煮　じぶに　三冬

加賀煮　かがに　三冬　⇨治部煮

おでん　三冬

例　おでん煮えさまざまの顔通りけり　波多野爽波

4音　**おでん屋**

5音　**関東《かんと》炊《だき》**　**おでん鍋**　**おでん酒**

6音　**関東炊《かんとうだき》**

酸茎　すぐき　三冬

京都上賀茂特産のすぐき菜の漬物。

目貼　めばり　初冬

除雪　じょせつ　ぢよせつ　晩冬　⇩雪掻《ゆきかき》〔53頁〕

障子　しょうじ　しやうじ　三冬

例　にはとりの首見えてゐる障子かな　生駒大祐

例　いちにちが障子に隙間なく過ぎぬ　八田木枯

例　四五人のみしみし歩く障子かな　岸本尚毅

5音　**腰障子**　**白障子**

6音　**明り障子**　**雪見障子**

襖　ふすま　三冬

4音　**絵襖《えぶすま》**

5音　**冬襖《ふゆぶすま》**　**襖紙《ふすまがみ》**　**白襖《しろぶすま》**

6音　**襖障子《ふすましょうじ》**

7音　**唐紙障子《からかみしょうじ》**

屏風　びょうぶ　びやうぶ　三冬

例　たたまれて屏風に裏のなくなりぬ　仲寒蟬

4音　**金屏**《きんびょう》　**銀屏**《ぎんびょう》　**絵屏風**《えびょうぶ》　**衝立**《ついたて》

5音　**金屏風**《きんびょうぶ》　**銀屏風**《ぎんびょうぶ》　**腰屏風**《こしびょうぶ》

6音　**枕屏風**《まくらびょうぶ》

7音　**風炉先屏風**《ふろさきびょうぶ》

暖炉　だんろ　三冬

例　こうやって暖炉の角に肘をつき　岡野泰輔

ペチカ　三冬

4音　**ペーチカ**

炭火　すみび　三冬　⇩炭〔15頁〕

例　老人の春機炭火の匂いして　斉田仁

炭団　たどん　三冬

炬燵　こたつ　三冬

例　炬燵にて帽子あれこれ被りみる　波多野爽波

5音　**掘炬燵**《ほりごたつ》

6音　**電気炬燵**

囲炉裏　いろり　三冬　⇩炉《ろ》〔12頁〕

根榾　ねほだ　三冬　⇩榾《ほた》〔15頁〕

榾火　ほたび　三冬　⇩榾〔同右〕

火桶　ひおけ　三冬

木製の丸火鉢。内側に銅や真鍮の円筒を入れて使う。

火櫃　ひびつ　三冬　⇨火桶

火鉢　ひばち　三冬

5音　**箱火鉢**　**長火鉢**　**股火鉢**《またひばち》

行火　あんか　三冬

懐炉　かいろ　三冬

例　松風の中なる人の懐炉かな　岸本尚毅

湯婆　たんぽ　三冬

4音　**湯湯婆**《ゆたんぽ》

焚火　たきび　三冬

5音　**落葉焚**《おちばたき》　**焚火跡**

夜番 よばん 三冬 ⇩火の番〔55頁〕

夜警 やけい 三冬 ⇩火の番〔同右〕

大火 たいか たいくわ 三冬 ⇩火事〔15頁〕

夜火事 よかじ よくわじ 三冬 ⇩火事〔同右〕

例 ガラス戸の遠き夜火事に触れにけり 村上鞆彦

凍死 とうし 晩冬

5音 **凍《こご》え死《じ》に**

干菜 ほしな 初冬

2音 **干菜《ひば》**

5音 **干菜《ほしな》吊《つ》る**

掛菜 かけな 初冬 ⇨干菜

吊菜 つりな 初冬 ⇨干菜

狩猟 しゅりょう しゆれふ 三冬 ⇩狩〔15頁〕

狩場 かりば 三冬 ⇩狩〔同右〕

猟期 りょうき れふき 三冬 ⇩狩〔同右〕

猟夫 さつお さつを 三冬 ⇩狩〔同右〕

マタギ 三冬 ⇩狩〔同右〕

猟師 りょうし れふし 三冬 ⇩狩〔同右〕

鷹師 たかし 三冬 ⇩鷹狩〔56頁〕

捕鯨 ほげい 三冬

5音 **捕鯨船　鯨突《くじらつ》き　勇魚《いさな》取《とり》**

避寒 ひかん 晩冬

4音 **避寒地**

5音 **避《ひ》寒宿《かんやど》**

雪見 ゆきみ 晩冬

5音 **雪見酒　雪見船**

スキー 三冬

4音 **ゲレンデ　シュプール**

5音 **スキー場　スキー宿　スキーバス　スキーウェア　スキーヤー　スキー帽**

シャンツエ 三冬 ⇨スキー

ラガー 三冬 ⇩ラグビー〔57頁〕

湯ざめ　ゆざめ　三冬

例　湯ざめとは松尾和子の歌のやう　今井杏太郎

嚔　くさめ　三冬

4音　**くつさめ**

くしやみ　くしゃみ　三冬　⇨嚔

例　まなこ閉ぢ嚔の支度してをりぬ　齋藤朝比古

雪眼　ゆきめ　晩冬

雪の中に長時間いて起きる目の炎症。

柚子湯　ゆずゆ　仲冬

4音　**柚子風呂**《ゆずぶろ》　**冬至湯**《とうじゆ》

5音　**冬至風呂**《とうじぶろ》

3音　行事

熊手　くまで　初冬　⇩酉の市《とりのいち》〔93頁〕

酉の市で売られる縁起物の熊手の飾り。

例　ことさらに熊手の裏を見たがりぬ　雪我狂流

神楽　かぐら　仲冬

神に奉納する歌舞。宮中で長く続く神事。

4音　**御神楽**《みかぐら》

5音　**神遊**《かみあそび》

十夜　じゅうや　じふや　初冬

旧暦一〇月五日夜から一五日朝まで行われる浄土宗の念仏法要。

4音　**お十夜**　**十夜会**《じゅうやえ》

5音　**十夜粥**《じゅうやがゆ》

7音　**十夜法要**

追儺　ついな　晩冬

例　火の中の釘燃えてゐる追儺かな　津川絵理子

疫鬼《えきき》を追い払う行事。元は大晦日の夜、宮中で行われたが、民間に節分〔42頁〕の行事として広まった。

4音　**儺**《だ》**を追**《お》**ふ**

5音　**鬼やらひ**　**年男**《としおとこ》

聖夜　せいや　仲冬　⇩クリスマス〔95頁〕

聖樹　せいじゅ　仲冬　⇩クリスマス〔同右〕

初祖忌　しょそき　初冬　⇩達磨《だるま》忌《き》〔60頁〕

3音　動物

羆　ひぐま　三冬　⇩熊〔16頁〕

例　ひぐまのこ梢を愛す愛しあふ　生駒大祐

貉　むじな　三冬　⇩貛《あなぐま》〔61頁〕

狐　きつね　三冬

例　狐啼く簞笥の環に手をかけて　八田木枯

5音　**寒狐《かんぎつね》**　**赤狐**　**黒狐**　**銀狐**　**白狐**　**北狐**　**狐塚《きつねづか》**

6音　**十字狐《じゅうじぎつね》**　**千島狐《ちしまぎつね》**

7音　**北極狐《ほっきょくぎつね》**　**高麗狐《こうらいぎつね》**

狸　たぬき　三冬

たのき　三冬　⇨狸

鼬　いたち　三冬

5音　**蝦夷鼬《えぞいたち》**

兎　うさぎ　三冬

4音　**野兎《のうさぎ》**

5音　**飼兎《かいうさぎ》**　**黒兎**　**雪兎**

6音　**越後兎《えちごうさぎ》**

鯨　くじら　くぢら　三冬

例　気絶して千年氷る鯨かな　冨田拓也

例　曳かれくる鯨笑つて楽器となる　三橋敏雄

4音　**小鯨《こくじら》**

5音　**初鯨《はつくじら》**　**背美鯨《せみくじら》**

6音　**座頭鯨《ざとうくじら》**　**長須鯨《ながすくじら》**　**鰯鯨《いわしくじら》**

7音　**抹香鯨《まっこうくじら》**　**ごんどう鯨**

8音　**白長須鯨《しろながすくじら》**

勇魚　いさな　三冬　⇨鯨

海豚　いるか　三冬

4音　**真《ま》海豚《いるか》**

鵟　のすり　三冬　⇩鷹〔16頁〕
沢鵟　ちゅうひ　三冬　⇩鷹〔同右〕
鶚　みさご　三冬　⇩鷹〔同右〕
笹子　ささご　三冬　⇩笹鳴《ささなき》〔62頁〕
寒鴉　かんあ　晩冬　⇩寒鴉《かんがらす》〔98頁〕
ふくろ　三冬　⇩梟《ふくろう》〔62頁〕
真鴨　まがも　三冬　⇩鴨〔17頁〕
小鴨　こがも　三冬　⇩鴨〔同右〕
秋沙　あいさ　三冬　⇩鴨〔同右〕
千鳥　ちどり　三冬
チドリ科の水鳥の総称。翼と足が長く、嘴《くちばし》が短い。
4音　大膳《だいぜん》　胸黒《むなぐろ》　小千鳥《こちどり》
5音　磯千鳥《いそちどり》　磯鳴鳥《いそなどり》　白千鳥《しろちどり》　浜千鳥《はまちどり》　島千鳥《しまちどり》　浦《うら》千鳥《ちどり》　川千鳥《かわちどり》　群千鳥《むれちどり》　友千鳥《ともちどり》　夕千鳥《ゆうちどり》　小夜千鳥《さよちどり》
6音　目大千鳥《めだいちどり》　鵤千鳥《いかるちどり》
田鳧　たげり　三冬
チドリ科の鳥。体長約三〇センチと大ぶり。
むぐり　三冬　⇩鳰《かいつぶり》〔99頁〕
いよめ　三冬　⇩鳰〔同右〕
スワン　晩冬　⇩白鳥〔64頁〕
鵠　くぐい　くぐひ　晩冬　⇩白鳥〔同右〕
善知鳥　うとう　三冬　⇩海雀《うみすずめ》〔100頁〕
火魚　ひうお　ひうを　三冬　⇩方頭魚《かながしら》〔100頁〕
鮪　まぐろ　三冬
2音　しび
4音　鰭長《びんなが》
5音　黒鮪《くろまぐろ》　本鮪《ほんまぐろ》　鮪釣《まぐろつり》　鮪船《まぐろせん》　鮪網《まぐろあみ》
黄肌　きはだ　三冬　⇨鮪
めばち　三冬　⇨鮪
旗魚／鮙　かじき　かぢき　三冬
バショウカジキ目の大型魚。旗魚鮪《かじきまぐろ》とも呼ばれるが、鮪《まぐろ》とは別種。

5音 **かぢき釣**
6音 **旗魚鮪《かじきまぐろ》**　**舵木《かじき》通《とお》し**

おらぎ　三冬　⇨旗魚

真鱈　まだら　三冬　⇩鱈《たら》〔18頁〕

鱈場　たらば　三冬　⇩鱈〔同右〕
鱈の穫れる漁場。

鱈子　たらこ　三冬　⇩鱈〔同右〕

鰤場　ぶりば　三冬　⇩鰤《ぶり》〔18頁〕

舞鯛　ぶだい　ぶだひ　三冬
4音 **舞鯛《まいだい》**

いがみ　三冬　⇨舞鯛

ひめぢ　三冬
ヒメジ科の海水魚。体長約二〇センチで赤褐色。
2音 **ひめ**
4音 **ひめいち**

眼抜　めぬけ　三冬
フサカサゴ科の海水魚。深海に棲み、体長約五〇センチで赤色。

眼抜　めぬき　三冬　⇨眼抜《めぬけ》

琵琶魚　びわぎょ　びはぎよ　三冬　⇩鮟鱇《あんこう》〔66頁〕

杜父魚　とふぎょ　三冬　⇩杜父魚《かくぶつ》〔66頁〕

氷魚　ひうお　ひうを　三冬
鮎の稚魚。体長約三センチで透き通っている。
2音 **氷魚《ひお》**
4音 **氷魚《ひお》汲《く》む**

氷下魚　こまい　三冬
タラ科の海水魚。体長約二五センチで、日本では北海道以北に棲む。
5音 **乾氷下魚《ほしこまい》**　**氷下魚汁《こまいじる》**　**氷下魚釣《こまいつり》**

柳葉魚　ししゃも　初冬

鮃／比目魚／平目　ひらめ　三冬
5音 **寒鮃《かんびらめ》**

うるめ　晩冬　⇩潤目鰯《うるめいわし》〔116頁〕

真河豚　まふぐ　三冬　⇩河豚《ふぐ》〔18頁〕

ふくと　三冬　⇩河豚〔同右〕

ふぐと　三冬　⇩河豚〔同右〕

魦　いさざ　三冬

ハゼ科の淡水魚。琵琶湖の固有種。

5音　**魦舟**《いさざぶね》　**魦網**《いさざあみ》　**魦漁**《いさざりょう》　**魦魞**《いさざえり》

八目　やつめ　晩冬　⇩八目鰻《やつめうなぎ》〔116頁〕

海鼠　なまこ　三冬

例　生きながら一つに氷る海鼠かな　芭蕉

例　むかし男なまこの様におはしけむ　大江丸

例　浮け海鼠佛法流布の世なるぞよ　小林一茶

例　混沌をかりに名づけて海鼠かな　正岡子規

例　階段が無くて海鼠の日暮かな　橋閒石

例　避雷針高々とある海鼠かな　岸本尚毅

例　鉄を嗅ぐごとく海鼠に屈みたる　正木ゆう子

例　海鼠切りもとの形に寄せてある　小原啄葉

5音　**赤海鼠**《あかなまこ》　**黒海鼠**《くろなまこ》　**海鼠竈**《なまこがま》　**海鼠突**《なまこつき》　**海鼠売**《なまこうり》
海鼠舟《なまこぶね》

赤海鼠　あかこ　三冬　⇨海鼠

黒海鼠　くろこ　三冬　⇨海鼠

虎海鼠　とらこ　三冬　⇨海鼠

なしこ　三冬　⇨海鼠

ふぢこ　三冬　⇨海鼠

このこ　三冬　⇨海鼠

海参／熬海鼠　いりこ　三冬　⇨海鼠

かいそ　三冬　⇨海鼠

真牡蠣　まがき　三冬　⇩牡蠣《かき》〔18頁〕

牡蠣田　かきた　三冬　⇩牡蠣〔同右〕

冬蚊　ふゆか　三冬　⇩冬の蚊〔68頁〕

3音　植物

3音

蜜柑　みかん　三冬

5音 **紅蜜柑《べにみかん》　蜜柑山《みかんやま》**

6音 **紀州蜜柑《きしゅうみかん》　蜜柑畑《みかんばたけ》**

7音 **温州蜜柑《うんしゅうみかん》**

朱欒　ざぼん　晩冬

4音 **ざんぼあ　文旦《ぶんたん》　ぼんたん**

5音 **晩白柚《ばんぺいゆ》**

6音 **うちむらさき**

木の葉　このは　三冬

落葉樹の紅葉が終わって枯れた葉をさす。

例 木の葉ふりやまずいそぐないそぐなよ　加藤楸邨

5音 **木の葉散る　木の葉雨　木の葉焼く**

6音 **木の葉時雨《しぐれ》**

枯葉　かれは　三冬

落葉　おちば　三冬

例 天窓に落葉を溜めて囲碁倶楽部　加倉井秋を

例 むさしの丶空真青なる落葉かな　水原秋櫻子

4音 **落葉《らくよう》**

5音 **落葉時《おちばどき》　落葉期《らくようき》　落葉風《おちばかぜ》　落葉山《おちばやま》　落葉掃《おちばは》く**
落葉掻《おちばかき》　落葉籠《おちばかご》　落葉焚《おちばた》く　落葉焼《おちばや》く

6音 **落葉《おちば》の雨《あめ》　落葉時雨《おちばしぐれ》　名《な》の木《き》落葉《おちば》**

7音 **落葉の時雨**

朽葉　くちば　三冬

冬木　ふゆき　三冬

例 冬木まで硝子二枚を隔てたる　今井聖

例 白雲と冬木と終《つい》にかかはらず　高浜虚子

例 一本の冬木をめがけ夜の明くる　望月周

5音 **冬木立《ふゆこだち》　冬木道《ふゆきみち》**

枯木　かれき　三冬

例 いつぽんの枯木へひらく巨きな掌　富澤赤黄男

4音 **裸木《はだかぎ》　枯枝《かれえだ》**

5音 **枯木立《かれこだち》　枯木道《かれきみち》　枯木山《かれきやま》　大枯木《おおかれき》**

冬芽 ふゆめ 三冬
5音 **冬木《ふゆき》の芽《め》**

冬芽 とうが 三冬 ⇨冬芽

冬菜 ふゆな 三冬
冬に穫れる菜の総称。
2音 **葉菜《はな》**
4音 **小松菜《こまつな》** **油菜《あぶらな》** **杓子菜《しゃくしな》** **布袋菜《ほていな》** **野沢菜《のざわな》**
5音 **広島菜《ひろしまな》** **冬菜畑《ふゆなばた》** **冬菜飯《ふゆなめし》**
6音 **三河島菜《みかわしまな》**

体菜 たいな 三冬 ⇨冬菜

唐菜 とうな たうな 三冬 ⇨冬菜

かぶ菜 かぶな 三冬 ⇨冬菜

雪菜 ゆきな 三冬 ⇨冬菜

漬菜 つけな 三冬 ⇨冬菜

茹で菜 ゆでな 三冬 ⇨冬菜

菜屑 なくず なくづ 三冬 ⇨冬菜

根深 ねぶか 晩冬 ⇩葱《ねぎ》〔19頁〕

だいこ 三冬 ⇩大根〔71頁〕
例 死にたれば人来て大根《だいこ》煮《た》きはじむ 下村槐太

おほね 三冬 ⇩大根〔同右〕

蕪 かぶら 三冬 ⇩蕪《かぶ》〔19頁〕

蕪菜 かぶな 三冬 ⇩蕪〔同右〕

日野菜 ひのな 三冬 ⇩蕪〔同右〕

小蕪 こかぶ 三冬 ⇩蕪〔同右〕

蓮根 はすね 三冬
4音 **蓮根《れんこん》**

セロリ 三冬
7音 **オランダ三葉《みつば》**
8音 **清正人参《きよまさにんじん》**

セルリ 三冬 ⇨セロリ

滑子 なめこ 三冬
4音 **なめたけ** **ふゆたけ**

4音の季語

4音　時候

三冬　さんとう　三冬　⇩冬〔12頁〕

九冬　きゅうとう　きうとう　三冬　⇩冬〔同右〕

玄冬　げんとう　三冬　⇩冬〔同右〕

玄英　げんえい　三冬　⇩冬〔同右〕

黒帝　こくてい　三冬　⇩冬〔同右〕

玄帝　げんてい　三冬　⇩冬〔同右〕

冬帝　とうてい　三冬　⇩冬〔同右〕

初冬　はつふゆ　初冬

新暦でおおむね一一月。二十四節気の立冬〔37頁〕から大雪《たいせつ》〔38頁〕の前日まで。

例　よぎるものなきはつふゆの絵一枚　生駒大祐

3音　**初冬《しょとう》**

5音　**冬初《ふゆはじ》め**

6音　**冬の初め**

孟冬　もうとう　まうとう　初冬　⇨初冬

上冬　じょうとう　じやうとう　初冬　⇨初冬

立冬　りっとう　初冬

一一月七日頃。また期間として二十四節気の一つでその日から約一五日間。

例　立冬の旗竿に旗旗に風　佐々木六戈

3音　**冬来《ふゆく》**

5音　**冬に入《い》る**　**冬来《ふゆきた》る**　**今朝《けさ》の冬**

冬立つ　ふゆたつ　初冬　⇨立冬

冬ざれ　ふゆざれ　三冬

冬になること。古語「冬さる」から転じた語。

冬され　ふゆされ　三冬　⇨冬ざれ

冬ざる　ふゆざる　三冬　⇨冬ざれ

小雪　しょうせつ　せうせつ　初冬

二十四節気で一一月二二日頃。また、その日から約一五日間。

小春日　こはるび　初冬　⇩小春〔20頁〕

例　小春日ぞ歩け二宮金次郎　雪我狂流

冬暖　とうだん　三冬　⇩冬暖か〔108頁〕

暖冬　だんとう　三冬

冬麗　とうれい　三冬

例　冬麗の微塵となりて去らんとす　相馬遷子

5音　**冬うらら**

冬めく　ふゆめく　初冬

仲冬　ちゅうとう　仲冬

新暦でおおむね一二月。二十四節気の大雪《たいせつ》〔38頁〕から小寒《しょうかん》〔40頁〕の前日まで。

5音　**冬半《ふゆなか》ば**　**冬最中《ふゆもなか》**

霜月　しもつき　仲冬

旧暦一一月（新暦おおむね一二月）の異称。

5音　**神楽月《かぐらづき》**　**雪見《ゆきみ》月《づき》**

6音　**霜降月《しもふりづき》**　**雪待月《ゆきまちづき》**

7音　**神帰月《かみかえりづき》**　**露《つゆ》こもり月《づき》**

子の月　ねのつき　仲冬　⇨霜月

大雪　たいせつ　仲冬

二十四節気で一二月七日頃。また、その日から約一五日間。

一陽　いちよう　いちやう　仲冬　⇩一陽来復〔125頁〕

晩冬　ばんとう　晩冬

新暦でおおむね一月。二十四節気の小寒《しょうかん》〔40頁〕から立春（二月四日頃）の前日まで。

3音　**季冬《きとう》**　**下冬《かとう》**

5音　**末《すえ》の冬《ふゆ》**

末冬　まっとう　晩冬　⇨晩冬

極月　ごくげつ　仲冬　晩冬・暮　⇩師走《しわす》〔20頁〕

例　極月や人をはなれぬ影ひとつ　馬場龍吉

臘月　ろうげつ　らふげつ　仲冬　晩冬・暮　⇩師走〔同右〕

歳末　さいまつ　仲冬・暮　⇩年の暮〔74頁〕

歳晩　さいばん　仲冬・暮　⇩年の暮〔同右〕

例　歳晩や回して鳴らす首の骨　河合凱夫

年末　ねんまつ　仲冬・暮　⇩年の暮〔同右〕

年の尾　としのお　としのを　仲冬・暮　⇩年の暮〔同右〕

年の瀬　としのせ　仲冬・暮　⇩年の暮〔同右〕

例　年の瀬の街置き去りにして離陸　今井肖子

年尽く　としつく　仲冬・暮　⇩年の暮〔同右〕

年暮る　としくる　仲冬・暮　⇩年の暮〔同右〕

例　近づけば灯る仕掛けや年暮るる　小池康生

年満つ　としみつ　仲冬・暮　⇩年の暮〔同右〕

年内　ねんない　仲冬・暮　⇩年の内〔74頁〕

数へ日　かぞえび　かぞへび　仲冬・暮

その年に残る日数が指で数えるほどになること。

例　無精髭伸ばして数へ日を過ごす　右城暮石

例　数へ日の数へるまでもなくなりぬ　鷹羽狩行

行く年　ゆくとし　仲冬・暮

5音　**年流《としなが》る**　**去《い》ぬる年**　**年送《としおく》る**　**年歩《としあゆ》む**

6音　**暮れ行く年**　**流るる年**

7音　**年浪《としなみ》流る**

年逝く　としゆく　仲冬・暮　⇨行く年

大年／大歳　おおどし　おほどし　仲冬・暮　⇩大晦日《おおみそか》〔74頁〕

惜年　せきねん　仲冬・暮　⇩年惜しむ〔75頁〕

年越　としこし　仲冬・暮

例　年越や使はず捨てず火消壺　草間時彦

5音　**年移《としうつ》る**

6音　**大年越《おおとしこし》**

年越す　としこす　仲冬・暮　⇨年越

年の夜　としのよ　仲冬・暮　⇩除夜〔12頁〕

4音

一月　いちがつ　いちぐわつ　晩冬

例 一月の川一月の谷の中　飯田龍太

例 陽も沖も一月朝のパン匂ふ　神尾久美子

寒中　かんちゅう　晩冬　⇩寒〔13頁〕

寒前　かんまえ　かんまへ　晩冬　⇩寒《かん》の入《いり》〔75頁〕

小寒　しょうかん　せうかん　晩冬

二十四節気で一月五日頃。また、その日から約一五日間。

大寒　だいかん　晩冬

二十四節気で一月二〇日頃。また、その日から約一五日間。

例 大寒の見舞に行けば死んでをり　高浜虚子

5音 **寒《かん》がはり**

寒暁　かんぎょう　かんげう　三冬　⇩冬の朝〔75頁〕

冬の日　ふゆのひ　三冬

6音 **暮れやすき日**

愛日　あいじつ　三冬　⇨冬の日

短日　たんじつ　三冬

例 短日のジープが運ぶ日本人　池禎章

5音 **日短《ひみじか》し**　**暮早《くれはや》し**　**暮易《くれやす》し**

日短か　ひみじか　三冬　⇨短日

実作では「日」の後に一拍入り5音に扱われることが多い。

例 大阪の宿はこのへん日短か　高野素十

日つまる　ひつまる　三冬　⇨短日

短景　たんけい　三冬　⇨短日

冬の夜　ふゆのよ　三冬

3音 **冬夜《ふゆよ》**　**寒夜《かんや》**

5音 **冬の夜半《よわ》**　**夜半の冬**

寒き夜　さむきよ　三冬　⇨冬の夜

冷たし　つめたし　三冬

例 受話器冷たしピザの生地うすくせよ　榮猿丸

底冷 そこびえ 三冬 ⇨冷たし
寒冷 かんれい 三冬 ⇩寒し〔21頁〕
凍つく いてつく 三冬 ⇩凍《い》つ〔13頁〕
凍晴 いてばれ 三冬 ⇩凍つ〔同右〕
凍結 とうけつ 三冬 ⇩凍つ〔同右〕
凍道 いてみち 三冬 ⇩凍つ〔同右〕
凍窓 いてまど 三冬 ⇩凍つ〔同右〕
凍玻璃 いてはり 三冬 ⇩凍つ〔同右〕
凍光 とうこう とうくわう 三冬 ⇩凍つ〔同右〕
凍割る いてわる 三冬 ⇩凍つ〔同右〕
凍靄 いてもや 三冬 ⇩凍つ〔同右〕
冴ゆる夜 さゆるよ 三冬 ⇩冴《さ》ゆ〔13頁〕
声冴ゆ こえさゆ こゑさゆ 三冬 ⇩冴ゆ〔同右〕
霜冴ゆ しもさゆ 三冬 ⇩冴ゆ〔同右〕
影冴ゆ かげさゆ 三冬 ⇩冴ゆ〔同右〕
鐘冴ゆ かねさゆ 三冬 ⇩鐘氷《かねこお》る〔76頁〕

寒波来 かんぱく 晩冬 ⇩寒波〔21頁〕
例 能面の裏のまつくら寒波来る 井上弘美
厳寒 げんかん 晩冬

5音 **寒《かん》きびし**
厳冬 げんとう 晩冬 ⇨厳寒
酷寒 こっかん 晩冬 ⇨厳寒
酷寒 こくかん 晩冬 ⇨厳寒
極寒 ごっかん 晩冬 ⇨厳寒
極寒 ごくかん 晩冬 ⇨厳寒
しばれる 晩冬 ⇩凍《しば》れ〔21頁〕
冬さぶ ふゆさぶ 晩冬 ⇩冬深し〔76頁〕
真冬日 まふゆび 晩冬 ⇩冬深し〔同右〕
三寒 さんかん 晩冬 ⇩三寒四《さんかんし》温《おん》〔119頁〕
春待つ はるまつ 晩冬

5音 **春を待つ**
待春 たいしゅん 晩冬 ⇨春待つ

春信 しゅんしん 晩冬 ⇩春近し〈76頁〉
冬尽く ふゆつく 晩冬 ⇩冬終る〈77頁〉
冬果つ ふゆはつ 晩冬 ⇩冬終る〈同右〉
冬行く ふゆゆく 晩冬 ⇩冬終る〈同右〉
冬去る ふゆさる 晩冬 ⇩冬終る〈同右〉
節分 せつぶん 晩冬
立春（二月四日頃）の前日。追儺《ついな》〈30頁〉の行事が行われる。
例 節分と知つてや雀高飛んで 森澄雄
3音 **節分**《せちぶ》
5音 **節替り**《せつがわり》

4音 天文

冬の日 ふゆのひ 三冬 ⇩冬日〈21頁〉
冬晴 ふゆばれ 三冬
例 冬晴や五重の塔を二つ見て 今井杏太郎
5音 **冬日和**《ふゆびより》
寒晴 かんばれ 晩冬
例 寒晴やあはれ舞妓の背の高き 飯島晴子
5音 **寒日和**《かんびより》
冬空 ふゆぞら 三冬 ⇩冬の空〈77頁〉
例 出展者D冬空に本売りぬ 黄土眠兎
例 冬空やサンドキッチのしつとりと 田中裕明
寒天 かんてん 三冬 ⇩冬の空〈同右〉
寒空 さむぞら 三冬 ⇩冬の空〈同右〉
冬天 とうてん 三冬 ⇩冬の空〈同右〉
例 蹴球や冬天に見る時計塔 柴田白葉女
凍空 いてぞら 三冬 ⇩冬の空〈同右〉
例 凍空の鳴らざる鐘を仰ぎけり 飯田蛇笏
幽天 ゆうてん いうてん 三冬 ⇩冬の空〈同右〉
冬雲 ふゆぐも 三冬 ⇩冬の雲〈77頁〉
寒雲 かんうん 三冬 ⇩冬の雲〈同右〉

凍雲　いてぐも　三冬　⇩冬の雲〔同右〕

凄雲　せいうん　三冬　⇩冬の雲〔同右〕

月冴ゆ　つきさゆ　三冬　⇩冬の月〔78頁〕

寒月　かんげつ　晩冬

寒星　かんせい　三冬　⇩冬の星〔78頁〕

荒星　あらぼし　三冬　⇩冬の星〔同右〕

例　荒星や毛布にくるむサキソフォン　攝津幸彦

凍星　いてぼし　三冬　⇩冬の星〔同右〕

星冴ゆ　ほしさゆ　三冬　⇩冬の星〔同右〕

昴宿　ぼうしゅく　ぼうしゆく　三冬　⇩すばる〔22頁〕

オリオン　三冬

二つの一等星（ベテルギウスとリゲル）を含む四辺形の星座。中央に並ぶ三つの二等星を「三つ星」と呼ぶ。

例　オリオンや眼鏡のそばに人眠る　山口優夢

6音　**寒オリオン**　**唐鋤星**《からすきぼし》　**酒枡星**《さかますぼし》

参宿　しんしゅく　三冬　⇨オリオン

三つ星　みつぼし　三冬　⇨オリオン

天狼　てんろう　てんらう　三冬

おおいぬ座にある一等星シリウス。オリオン座のベテルギウス、こいぬ座のプロキオンとともに、冬の大三角を形成。

例　天狼のひかりをこぼす夜番の柝《たく》　山口誓子

狼星　ろうせい　らうせい　三冬　⇨天狼

青星　あおぼし　あをぼし　三冬　⇨天狼

シリウス　三冬　⇨天狼

冬凪　ふゆなぎ　三冬

寒凪　かんなぎ　三冬　⇨冬凪

凍凪　いてなぎ　三冬　⇨冬凪

寒風　かんぷう　三冬

5音　**冬の風**

冬風　ふゆかぜ　三冬　⇨寒風

風冴ゆ　かぜさゆ　三冬　⇨寒風

凍て風　いてかぜ　三冬　⇨寒風

凩／木枯　こがらし　初冬

例 木枯の研ぎたる鏡かと思ふ　藺草慶子

例 凩や愛の終わりのカツカレー　長谷川裕

例 木がらしや目刺にのこる海のいろ　芥川龍之介

北風　きたかぜ　三冬

例 北風や濡れて渚の砂緊《し》まる　村上鞆彦

2音 **北風《きた》**

北風　ほくふう　三冬　⇨北風

朔風　さくふう　三冬　⇨北風

北吹く　きたふく　三冬　⇨北風

大北風　おおぎた　おほぎた　三冬　⇨北風

朝北風　あさぎた　三冬　⇨北風

空風　からかぜ　三冬

5音 **空《から》つ風**

べつとう　べっとう　三冬

冬に東京湾から東海道に向かって吹く風。

たま風　たまかぜ　三冬

北日本の太平洋側に吹く北風。

たば風　たばかぜ　三冬　⇨たま風

節東風　せちごち　晩冬

晩冬に吹く東風。立春（二月四日頃）以降は東風《こち》。

鎌風　かまかぜ　三冬　⇩鎌鼬《かまいたち》〔79頁〕

急霰　きゅうさん　きふさん　三冬　⇩霰《あられ》〔22頁〕

雪交ぜ　ゆきまぜ　三冬　⇩霙《みぞれ》〔22頁〕

氷晶　ひょうしょう　ひやうしやう　晩冬

大気中に結晶した氷がきらきらと光る現象。

3音 **氷霧《ひょうむ》　霧雪《むせつ》**

9音 **ダイヤモンドダスト**

氷塵　ひょうじん　ひようぢん　晩冬　⇨氷晶

初霜　はつしも　初冬

霜解　しもどけ　三冬　⇩霜〔13頁〕

4音

霜晴 しもばれ 三冬 ⇩霜〔同右〕

大霜 おおしも おほしも 三冬 ⇩霜〔同右〕

深霜 ふかしも 三冬 ⇩霜〔同右〕

強霜 つよしも 三冬 ⇩霜〔同右〕

朝霜 あさしも 三冬 ⇩霜〔同右〕

霜凪 しもなぎ 三冬 ⇩霜〔同右〕

露凝る つゆこる 三冬

草などについた露が夜の寒さに凍ること。

3音 **凍露《とうろ》**

5音 **露こほる**

雪雲 ゆきぐも 三冬 ⇩雪催《ゆきもよい》〔80頁〕

雪暗 ゆきぐれ 三冬 ⇩雪催〔同右〕

初雪 はつゆき 初冬

例 はつゆきや紙をさはつたまま眠る 宮本佳世乃

雪空 ゆきぞら 三冬 ⇩雪〔14頁〕

粉雪 こなゆき 三冬 ⇩雪〔同右〕

大雪 おおゆき おほゆき 三冬 ⇩雪〔同右〕

豪雪 ごうせつ がうせつ 三冬 ⇩雪〔同右〕

白雪 しらゆき 三冬 ⇩雪〔同右〕

餅雪 もちゆき 三冬 ⇩雪〔同右〕

新雪 しんせつ 三冬 ⇩雪〔同右〕

積雪 せきせつ 三冬 ⇩雪〔同右〕

べと雪 べとゆき 三冬 ⇩雪〔同右〕

雪紐 ゆきひも 三冬 ⇩雪〔同右〕

筒雪 つつゆき 三冬 ⇩雪〔同右〕

冠雪 かんせつ 三冬 ⇩雪〔同右〕

水雪 みずゆき みづゆき 三冬 ⇩雪〔同右〕

雪片 せっぺん 三冬 ⇩雪〔同右〕

湿雪 しっせつ 三冬 ⇩雪〔同右〕

雪風 ゆきかぜ 三冬 ⇩雪〔同右〕

雪国 ゆきぐに 三冬 ⇩雪〔同右〕

雪鬼 ゆきおに 晩冬 ⇩雪女〔80頁〕

雪晴　ゆきばれ　晩冬

例　雪晴を大きく使ふ鳥一羽　佐藤郁良

5音　**深《み》雪晴《ゆきばれ》**

6音　**雪後《せつご》の天《てん》**

風花　かざはな　晩冬

風花　かぜはな　晩冬　⇨風花

吹越　ふっこし　ふきこし　晩冬　⇨風花

地吹雪　じふぶき　ぢふぶき　晩冬　⇩吹雪〔24頁〕

雪浪　ゆきなみ　晩冬　⇩吹雪〔同右〕

風雪　ふうせつ　晩冬　⇩雪しまき〔81頁〕

寒雷　かんらい　三冬　⇩冬《ふゆ》の雷《らい》〔81頁〕

例　寒雷をひとつころがし海暁くる　阿部みどり女

冬霧　ふゆぎり　三冬

5音　**冬の霧**

スモッグ　三冬

煙（smoke）と霧（fog）の合成語。大気中の煤煙《ばいえん》や塵が原因で霧のように立ち込めること。

3音　**煙霧《えんむ》**

気嵐　けあらし　三冬　⇨冬霧

冬靄　ふゆもや　三冬

5音　**冬の靄**

寒靄　かんあい　三冬　⇨冬靄

冬虹　ふゆにじ　三冬　⇩冬の虹〔82頁〕

4音　地理

冬山　ふゆやま　三冬　⇩冬の山〔82頁〕

冬嶺　ふゆみね　三冬　⇩冬の山〔同右〕

枯山　かれやま　三冬

山枯る　やまかる　三冬　⇨枯山

雪山　ゆきやま　三冬

雪嶺　せつれい　三冬　⇨雪山

冬の野　ふゆのの　三冬　⇩冬野〔24頁〕

雪原　せつげん　三冬

3音 **雪野**

5音 **雪の原**

雪の野　ゆきのの　三冬　⇨雪原

枯原　かれはら　三冬　⇩枯野〔24頁〕

くだら野／朽野　くだらの　三冬

草木の枯れ果てた冬の野のこと。

冬の田　ふゆのた　三冬　⇩冬田〔24頁〕

休め田　やすめた　三冬　⇩冬田〔同右〕

雪の田　ゆきのた　三冬　⇩冬田〔同右〕

枯園　かれその　三冬

5音 **冬の園**　**冬の庭**

冬庭　ふゆにわ　ふゆには　三冬　⇨枯園

枯庭　かれにわ　かれには　三冬　⇨枯園

寒園　かんえん　かんゑん　三冬　⇨枯園

庭枯る　にわかる　にはかる　三冬　⇨枯園

水涸る　みずかる　みづかる　三冬

5音 **渇水期《かっすいき》**

川涸る　かわかる　かはかる　三冬　⇨水涸る

沼涸る　ぬまかる　三冬　⇨水涸る

池涸る　いけかる　三冬　⇨水涸る

滝涸る　たきかる　三冬　⇨水涸る

例 ライターの火のポポポポと滝涸るる　秋元不死男

渓涸る　たにかる　三冬　⇨水涸る

涸池　かれいけ　三冬　⇨水涸る

涸沼　かれぬま　三冬　⇨水涸る

涸滝　かれだき　三冬　⇨水涸る

例 はるばると涸滝に来てしまふかな　岡野泰輔

涸川　かれがわ　かれがは　三冬　⇨水涸る

冬泉　とうせん　三冬　⇩冬の泉〔110頁〕

寒泉　かんせん　三冬　⇩冬の泉〔同右〕

寒水　かんみず　かんみづ　晩冬　⇩寒の水〔83頁〕

冬川　ふゆかわ　ふゆかは　三冬　⇩冬の川〔83頁〕

寒江　かんこう　かんかう　三冬　⇩冬の川〔同右〕

氷江　ひょうこう　ひようかう　三冬　⇩冬の川〔同右〕

冬海　ふゆうみ　三冬　⇩冬の海〔83頁〕

冬波／冬浪／冬濤　ふゆなみ　三冬　⇩冬の波〔83頁〕

寒濤　かんとう　かんたう　三冬　⇩冬の波〔同右〕

潮花　しおばな　しほばな　晩冬　⇩波の花〔83頁〕

寒潮　かんちょう　かんてう　三冬

冬潮／冬汐　ふゆじお　ふゆじほ　三冬　⇨寒潮

冬浜　ふゆはま　三冬　⇩冬の浜〔83頁〕

凍土　いてつち　三冬

3音　**凍土《とうど》**

5音　**大地《だいち》凍《い》つ**　**凍上《しみあがり》**

氷塊　ひょうかい　ひようくわい　晩冬　⇩氷〔24頁〕

結氷　けっぴょう　晩冬　⇩氷〔同右〕

氷上　ひょうじょう　ひようじやう　晩冬　⇩氷〔同右〕

氷雪　ひょうせつ　晩冬　⇩氷〔同右〕

氷田　ひょうでん　晩冬　⇩氷〔同右〕

氷壁　ひょうへき　晩冬　⇩氷〔同右〕

凍裂　とうれつ　晩冬　⇩氷〔同右〕

銀竹　ぎんちく　晩冬　⇩氷柱《つらら》〔25頁〕

氷条　ひょうじょう　ひようでう　晩冬　⇩氷柱〔同右〕

氷笋　ひょうじゅん　晩冬　⇩氷柱〔同右〕

氷筋　ひょうきん　晩冬　⇩氷柱〔同右〕

冬滝　ふゆたき　晩冬　⇩冬の滝〔84頁〕

例　冬滝のしぶき一木ひた濡らす　谷口智行

凍滝　いてだき　晩冬　⇩冬の滝〔同右〕

例　凍滝と月光密に応へあふ　うまきいつこ

滝凍つ　たきいつ　晩冬　⇩冬の滝〔同右〕

氷瀑　ひょうばく　晩冬　⇩冬の滝〔同右〕

氷盤　ひょうばん　晩冬　⇩氷湖《ひょうこ》〔25頁〕

御渡り　みわたり　晩冬　⇩御《お》神《み》渡《わた》り〔84頁〕

氷海　ひょうかい　晩冬

5音 **海凍《うみこお》る**

凍港　とうこう　とうかう　晩冬　⇨氷海

凍海　とうかい　晩冬　⇨氷海

海氷　かいひょう　晩冬　⇨氷海

狐火　きつねび　三冬

山野などで闇夜に見られる火。原因には諸説。

例 狐火に俥上《しゃじょう》ながらの添乳《そえぢ》かな　川端茅舎

8音 **狐の提灯《ちょうちん》**

4音　生活

冬服　ふゆふく　三冬　⇩冬着〔25頁〕

冬物　ふゆもの　三冬　⇩冬着〔同右〕

冬シャツ／冬襯衣　ふゆしゃつ　三冬　⇩冬着〔同右〕

茶羽織　ちゃばおり　三冬　⇩冬羽織〔84頁〕

半纏　はんてん　三冬　⇩冬羽織〔同右〕

唐綿　とうわた　たうわた　三冬　⇩綿《わた》〔14頁〕

夜具綿　やぐわた　三冬　⇩綿〔同右〕

綿入　わたいれ　三冬

3音 **布子《ぬのこ》　小袖《こそで》　おひえ**

掻巻　かいまき　三冬　⇩夜着《よぎ》〔14頁〕

ねんねこ　三冬

重ね着　かさねぎ　三冬　⇩厚着〔26頁〕

着ぶくれ　きぶくれ　三冬

例 着ぶくれて崖の匂ひをつれてくる　喜田進次

例 着ぶくれてなんだかめんどりの気分　正木ゆう子

丹前　たんぜん　三冬　⇩縕袍《どてら》〔26頁〕

紙ぎぬ　かみぎぬ　三冬　⇩紙子《かみこ》〔26頁〕

素紙子　すがみこ　三冬　⇩紙子〔同右〕

膝掛　ひざかけ　三冬

5音 **膝毛布《ひざもうふ》**

7音 **膝掛毛布《ひざかけもうふ》**

角巻　かくまき　三冬

寒冷地で女性が外出時に着用する毛布。

股引　ももひき　三冬

3音 **パッチ**

セーター　三冬

例 とっくりセーター白き成人映画かな　近恵

3音 **ジャケツ**

5音 **カーディガン**

外套　がいとう　ぐわいたう　三冬

例 エンドロール膝の外套照らし出す　柘植史子

例 薔薇色の肺に外套を黒く着る　日野草城

3音 **コート**

7音 **オーバーコート**

オーバー　三冬　⇨外套

例 オーバー脱げばオーバー重し死を悼む　津田清子

ジャンパー　三冬

6音 **革ジャンパー**

冬帽　ふゆぼう　三冬　⇩冬帽子〔85頁〕

例 冬帽が飛んだマイケルジャクソンも　坪内稔典

ゴーグル　晩冬　⇩雪眼鏡《ゆきめがね》〔85頁〕

襟巻　えりまき　三冬

例 襟巻の狐の顔は別にあり　高浜虚子

首巻　くびまき　三冬　⇨襟巻

マフラー　三冬　⇨襟巻

例 マフラーの中で一人になつてをり　小池康生

例 マフラーをぐるぐる巻きにして無敵　近恵

肩掛　かたかけ　三冬　⇩ショール〔26頁〕

ストール　三冬　⇩ショール〔同右〕

手袋　てぶくろ　三冬

例 片手明るし手袋をまた失くし　相子智恵

例 うたゝねの手袋の指組まれあり　杉山久子

3音 **手套**《しゆとう》

6音 **革手袋《かわてぶくろ》**

革足袋　かわたび　かはたび　三冬　⇩足袋《たび》〔14頁〕

白足袋　しろたび　三冬　⇩足袋〔同右〕

色足袋　いろたび　三冬　⇩足袋〔同右〕

餅焼く　もちやく　仲冬　⇩餅〔14頁〕

黴餅　かびもち　仲冬　⇩餅〔同右〕

欠餅　かきもち　晩冬　⇩霰餅《あられもち》〔86頁〕

水餅　みずもち　みづもち　晩冬

保存のために水につけた餅。

寒餅　かんもち　晩冬

寒〔13頁〕の間に搗いた餅。

5音 **寒の餅**

熱燗　あつかん　三冬

例 熱燗や土佐はまるごと太平洋　下村まさる

燗酒　かんざけ　三冬　⇨熱燗

鰭酒　ひれざけ　三冬

生姜湯　しょうがゆ　しやうがゆ　三冬

蕎麦掻　そばがき　三冬

湯豆腐　ゆどうふ　三冬

例 湯豆腐に匂ひあり湯のやうにあり　今井杏太郎

焼鳥　やきとり　三冬

5音 **焼鳥屋**

寒喰　かんぐい　かんぐひ　三冬　⇩薬喰《くすりぐい》〔86頁〕

雑炊　ぞうすい　ざふすい　三冬

3音 **おじや**

牡蠣飯　かきめし　三冬

蒸鮓　むしずし　三冬

5音 **ぬくめ鮓《ずし》**

ぬく鮓　ぬくずし　三冬　⇨蒸鮓

焼芋／焼藷　やきいも　三冬

5音 **焼芋屋《やきいもや》**

6音 **壺焼芋《つぼやきいも》**　**石焼芋《いしやきいも》**

鯛焼　たいやき　たひやき　三冬
例　鯛焼き買ふ目で人数を確かめて　北大路翼
貝焼　かいやき　かひやき　三冬
鱈鍋　たらなべ　三冬
葱汁　ねぎじる　三冬　⇩根深汁《ねぶかじる》〔87頁〕
粕汁　かすじる　三冬
闇鍋　やみなべ　三冬
闇汁　やみじる　三冬　⇨闇鍋
鋤焼　すきやき　三冬

5音　**饂飩鋤**《うどんすき》

牛鍋　ぎゅうなべ　ぎうなべ　三冬　⇨鋤焼
鶏鋤　とりすき　三冬　⇨鋤焼
猪鍋　ししなべ　三冬　⇩牡丹鍋《ぼたんなべ》〔87頁〕
鴨鍋　かもなべ　三冬
河豚鍋　ふぐなべ　三冬

5音　**ふぐと汁**

河豚ちり　ふぐちり　三冬　⇨河豚鍋
てっちり　てっちり　三冬　⇨河豚鍋
河豚汁　ふぐじる　三冬　⇨河豚鍋
鮭鍋　さけなべ　三冬　⇩石狩鍋〔111頁〕
寄鍋　よせなべ　三冬
牡蠣鍋　かきなべ　三冬
土手鍋　どてなべ　三冬　⇨牡蠣鍋
おでん屋　おでんや　三冬　⇩おでん〔27頁〕
例　おでん屋の神棚据ゑのテレビかな　榮猿丸
例　おでん屋に一度も鳴らぬ黒電話　高勢祥子
煮凝　にこごり　三冬
例　煮凝を探し当てたる燭暗し　高浜虚子
風呂吹　ふろふき　三冬　⇩風呂吹大根〔125頁〕
茎漬　くきづけ　三冬
大根や蕪の茎と葉を塩で漬けたもの。
納豆　なっとう　三冬

乾鮭　からざけ　三冬

干鮭　ほしざけ　三冬　⇨乾鮭

塩鮭　しおざけ　しほざけ　三冬

新巻　あらまき　三冬　⇨塩鮭

塩引　しおびき　しほびき　三冬　⇨塩鮭

海鼠腸　このわた　三冬

酢海鼠　すなまこ　三冬　⇨海鼠腸

例　酢海鼠や大阪女かはいらし　小川軽舟

沢庵　たくあん　初冬

6音　**沢庵漬　大根漬　いぶりがっこ**

切干　きりぼし　三冬　⇩切干大根〔126頁〕

例　切干や東京もまた故郷なる　能城檀

風除　かざよけ　初冬

寒風を防ぐため家の周りに設《しつら》える垣根や塀。

5音　**風囲《かざがこい》**

風垣　かざがき　初冬　⇨風除

雪垣　ゆきがき　三冬　⇩雪囲《ゆきがこい》〔88頁〕

雪除　ゆきよけ　三冬　⇩雪囲〔同右〕

雪吊　ゆきつり　晩冬

雪の重みで枝が折れるのを防ぐため円錐形などの支えを張り枝を吊り上げておくこと。

雪掻　ゆきかき　晩冬

3音　**除雪《じょせつ》**

5音　**雪を掻く**

雪踏　ゆきふみ　晩冬

雪を踏み固めて人の歩く道を作ること。

除雪車　じょせつしゃ　ぢよせつしや　晩冬

5音　**ラッセル車**

冬の灯　ふゆのひ　三冬

5音　**冬ともし**

寒灯／寒燈　かんとう　三冬　⇨冬の灯

絵襖　えぶすま　ゑぶすま　三冬　⇩襖《ふすま》〔27頁〕

金屏 きんびょう　きんびやう　三冬　⇩屏風《びょうぶ》〔28頁〕

銀屏 ぎんびょう　ぎんびやう　三冬　⇩屏風〔同右〕

絵屏風 えびょうぶ　ゑびやうぶ　三冬　⇩屏風〔同右〕

例 絵屏風に囲まれゐるや産籠り　橋本多佳子

衝立 ついたて　三冬　⇩屏風〔同右〕

絨緞／絨毯 じゅうたん　三冬

例 絨毯の薔薇をなぞつてゐる赤子　鶴岡加苗

例 火葬場に絨毯があり窓があり　山口優夢

例 絨毯に文鳥のゐてまだ午前　上田信治

5音 **カーペット**

緞通 だんつう　三冬　⇨絨緞

例 緞通に大きな靴の跡ありぬ　高浜虚子

暖房／煖房 だんぼう　だんばう　三冬

例 暖房のぬくもりを持ち鍵一房　有馬朗人

5音 **暖房車**《だんぼうしゃ》

6音 **床暖房**《ゆかだんぼう》

スチーム 三冬　⇨暖房

ヒーター 三冬　⇨暖房

例 ヒーターの中にくるしむ水の音　神野紗希

ストーブ 三冬

例 ストーブ燃ゆ手配写真が目の高さ　杉山よし江

ペーチカ 三冬　⇩ペチカ〔28頁〕

埋火 うずみび　うづみび　三冬　⇩炭〔15頁〕

消炭 けしずみ　三冬　⇩炭〔同右〕

消え炭 きえずみ　三冬　⇩炭〔同右〕

炭斗／炭取 すみとり　三冬　⇩炭〔同右〕

十能 じゅうのう　じふのう　三冬　⇩炭〔同右〕

炭櫃 すみびつ　三冬　⇩炭〔同右〕

炭箱 すみばこ　三冬　⇩炭〔同右〕

炭籠 すみかご　三冬　⇩炭〔同右〕

石炭 せきたん　三冬

コークス 三冬　⇨石炭

練炭　れんたん　三冬

豆炭　まめたん　三冬　⇨練炭

炉開　ろびらき　三冬　⇩炉《ろ》〔12頁〕

湯湯婆　ゆたんぽ　三冬　⇩湯婆《たんぽ》〔28頁〕

例　ゆたんぽのぶりきのなみのあはれかな　小澤實

加湿器　かしつき　三冬

例　加湿器を平和島まで運ぶ人　山口東人

湯気立て　ゆげたて　三冬　⇨加湿器

火の番　ひのばん　三冬

3音　**夜番**《よばん》　**夜警**《やけい》

夜廻　よまわり　よまはり　三冬　⇨火の番

寒柝　かんたく　三冬　⇨火の番

夜廻りなどで鳴らす拍子木の音。

例　寒柝過ぐ耳のみ覚めてゐたりけり　菖蒲あや

山火事　やまかじ　やまくわじ　三冬　⇩火事〔15頁〕

例　山火事の音の上ゆく風船あり　田川飛旅子

遠火事　とおかじ　とほくわじ　三冬　⇩火事〔同右〕

例　馬の瞳の中の遠火事を消しに行く　西川徹郎

昼火事　ひるかじ　ひるくわじ　三冬　⇩火事〔同右〕

夜火事　よるかじ　よるくわじ　三冬　⇩火事〔同右〕

火事跡　かじあと　くわじあと　三冬　⇩火事〔同右〕

例　火事跡の巻けば奏でるオルゴール　津田ひびき

雪沓　ゆきぐつ　三冬

樏　かんじき　三冬

雪や氷の上を歩くのに使う履物。木や竹で作り靴の下に装着する。

冬耕　とうこう　とうかう　三冬

5音　**冬田**《ふゆた》**打**《うち》

寒耕　かんこう　かんかう　三冬　⇨冬耕

蓮掘る　はすほる　初冬　⇩蓮根《はすね》掘《ほ》る〔89頁〕

寒肥　かんごえ　晩冬

5音　**寒**《かん》**ごやし**

温室　おんしつ　をんしつ　三冬

例　温室の天井といふ行きどまり　長嶺千晶

7音　**ビニールハウス**

温床　おんしょう　をんしやう　三冬　⇨温室

フレーム　三冬　⇨温室

猟犬　りょうけん　れふけん　三冬　⇩狩〔15頁〕

猟銃　りょうじゅう　れふじゆう　三冬　⇩狩〔同右〕

狩人　かりうど　三冬　⇩狩〔同右〕

猟人　りょうじん　れふじん　三冬　⇩狩〔同右〕

鷹狩　たかがり　三冬

3音　**鷹師《たかし》**

放鷹　ほうよう　はうよう　三冬　⇨鷹狩

鷹猟　たかりょう　たかれふ　三冬　⇨鷹狩

鷹匠　たかじょう　たかじやう　三冬　⇨鷹狩

炭焼　すみやき　三冬

6音　**炭焼小屋**　**炭焼窯《すみやきがま》**

炭窯　すみがま　三冬　⇨炭焼

注連綯う　しめなう　しめなふ　仲冬　⇩注連作《しめづくり》〔90頁〕

紙漉　かみすき　三冬

寒漉　かんすき　三冬　⇨紙漉

紙干す　かみほす　三冬　⇨紙漉

避寒地　ひかんち　晩冬　⇩避寒〔29頁〕

探梅　たんばい　晩冬

例　探梅や水のかをりは陽のかをり　福田若之

5音　**梅探《うめさぐ》る**

6音　**探梅行《たんばいこう》**

顔見世　かおみせ　かほみせ　仲冬

7音　**歌舞伎正月**　**芝居正月**

竹馬　たけうま　三冬

例　竹馬に乗りたる父や何処まで行く　榮猿丸

縄跳　なわとび　なはとび　三冬

6音　**縄跳唄**

綱跳 つなとび 三冬 ⇨縄跳

雪投 ゆきなげ 晩冬 ⇩雪遊《ゆきあそび》〔90頁〕

ゲレンデ 三冬 ⇩スキー〔29頁〕

シュプール 三冬 ⇩スキー〔同右〕

スケート 三冬

5音 **スケーター**

6音 **スケート場** **スケート靴**

ラグビー 三冬

例 ラグビーのしづかにボール置かれけり 岸本尚毅

3音 **ラガー**

5音 **ラガーマン**

感冒 かんぼう 三冬 ⇩風邪〔16頁〕

例 感冒や惑星までの距離を訊く 山口東人

流感 りゅうかん りうかん 三冬 ⇩風邪〔同右〕

風邪声 かぜごえ かぜごゑ 三冬 ⇩風邪〔同右〕

鼻風邪 はなかぜ 三冬 ⇩風邪〔同右〕

咳き しわぶき しはぶき 三冬 ⇩咳〔16頁〕

咳く しわぶく しはぶく 三冬 ⇩咳〔同右〕

例 咳《しわぶ》きて崖下を覗きこむごとし 藤井あかり

くつさめ くっさめ 三冬 ⇩嚔《くさめ》〔30頁〕

水洟 みずばな みづばな 三冬

5音 **水《みず》つ洟《ぱな》**

鼻水 はなみず はなみづ 三冬 ⇨水洟

白息 しろいき 三冬 ⇩息白し〔91頁〕

皹 あかぎれ 晩冬

霜焼 しもやけ 晩冬

凍瘡 とうそう とうさう 晩冬 ⇨霜焼

凍傷 とうしょう とうしやう 晩冬

雪焼 ゆきやけ 晩冬

悴む かじかむ 晩冬

ボーナス 仲冬 ⇩年末賞与〔121頁〕

暮市 くれいち 仲冬・暮 ⇩歳の市〔91頁〕

ぼろ市　ぼろいち　仲冬・暮

煤掃　すすはき　仲冬・暮　⇩煤払《すすはらい》〔91頁〕

煤逃　すすにげ　仲冬・暮

煤払《すすはらい》〔91頁〕を避けて出かけること。

5音 **煤籠《すすごもり》**

柚子風呂　ゆずぶろ　仲冬　⇩柚子湯《ゆずゆ》〔30頁〕

冬至湯　とうじゆ　仲冬　⇩柚子湯〔同右〕

餅搗　もちつき　仲冬・暮

5音 **餅筵《もちむしろ》**　**餅配《もちくばり》**

忘年　ぼうねん　ばうねん　仲冬・暮　⇩年忘れ《としわすれ》〔92頁〕

年守る　としもる　仲冬・暮　⇩年守る《としまもる》〔92頁〕

寒声　かんごえ　かんごゑ　晩冬　⇩寒稽古〔92頁〕

寒〔13頁〕の間に歌唱や読経を鍛錬すること。

寒泳　かんえい　晩冬　⇩寒中水泳〔126頁〕

例 寒泳の白一本を締めしのみ　鷹羽狩行

寒紅　かんべに　晩冬

寒〔13頁〕の間に作る紅、またその時期にさす口紅。

4音　行事

神立　かみたち　初冬　⇩神の旅〔93頁〕

初酉　はつとり　初冬　⇩酉《とり》の市《いち》〔93頁〕

二の酉　にのとり　初冬　⇩酉の市〔同右〕

例 二の酉を紅絹《もみ》一枚や蛇をんな　太田うさぎ

義士会　ぎしかい　ぎしくわい　仲冬

8音 **義士《ぎし》討入《うちいり》の日**

一二月一四〜一五日、赤穂四十七士を偲ぶ集まり。

義士の日　ぎしのひ　仲冬　⇨義士会

御神楽　みかぐら　仲冬　⇩神楽《かぐら》〔30頁〕

夜神楽　よかぐら　仲冬　⇩里神楽《さとかぐら》〔93頁〕

お十夜　おじゅうや　おじふや　初冬　⇩十夜《じゅうや》〔30頁〕

十夜会　じゅうやえ　じふやゑ　初冬　⇩十夜〔同右〕

御正忌　ごしょうき　ごしやうき　仲冬　⇩報恩講《ほうおんこう》〔113頁〕

御七夜　おしちや　仲冬　⇩報恩講〔同右〕

臘八　ろうはち　らふはち　仲冬　⇩臘八会《ろうはちえ》〔94頁〕

寒垢離　かんごり　晩冬

寒〔13頁〕の三〇日間、寺社に詣で、水を浴びる、また滝に打たれる行《ぎょう》。

寒行　かんぎょう　かんぎやう　晩冬　⇨寒垢離

儺を追ふ　だをおう　だをおふ　晩冬　⇩追儺《ついな》〔30頁〕

豆撒　まめまき　晩冬

節分〔42頁〕の夜、煎《い》った大豆を撒く行事。

5音　**鬼の豆**　**年の豆**　**鬼は外**　**福は内**　**豆を撒く**

6音　**鬼打豆《おにうちまめ》**

例　豆撒きの昔電燈暗かりき　川崎展宏

豆撒く　まめまく　晩冬　⇨豆撒

豆打　まめうち　晩冬　⇨豆撒

福豆　ふくまめ　晩冬　⇨豆撒

亞浪忌　あろうき　あらうき　初冬

一一月一一日。俳人、臼田亞浪（一八七九～一九五一）の忌日。

波郷忌　はきょうき　はきやうき　初冬

一一月二一日。俳人、石田波郷（一九一三～六九）の忌日。

三島忌　みしまき　初冬　三島忌

一一月二五日。小説家、三島由紀夫（一九二五～七〇）の忌日。

例　三島忌の帽子の中のうどんかな　攝津幸彦

5音　**憂国忌《ゆうこくき》**

由紀夫忌　ゆきおき　ゆきをき　初冬　⇨三島忌

信子忌　のぶこき　仲冬

一二月一六日。俳人、桂信子（一九一四～二〇〇四）の忌日。

青畝忌　せいほき　仲冬

一二月二二日。俳人、阿波野青畝（一八九九～一九九二）の忌日。

5音　**万両忌**《まんりようき》

利一忌　りいちき　仲冬　⇩横光忌〔96頁〕

乙字忌　おつじき　晩冬

一月二〇日。俳人、大須賀乙字（一八八一〜一九二〇）の忌日。

5音　**寒雷忌**《かんらいき》

二十日忌　はつかき　晩冬　⇨乙字忌

久女忌　ひさじょき　ひさぢよき　晩冬

一月二一日。俳人、杉田久女（一八九〇〜一九四六）の忌日。

達磨忌　だるまき　初冬

旧暦一〇月五日。五世紀後半から六世紀前半の中国で活躍した僧侶菩提達磨の忌日。

例　達磨忌を頭の皮のわが光　三橋敏雄

3音　**初祖忌**《しょそき》

5音　**少林忌**《しょうりんき》

芭蕉忌　ばしょうき　ばせうき　初冬

旧暦一〇月一二日。俳人、松尾芭蕉（一六四四〜九四）の忌日。

例　芭蕉忌の反りそれぞれに松の幹　鍵和田秞子

5音　**桃青忌**《とうせいき》

時雨忌　しぐれき　初冬　⇨芭蕉忌

翁忌　おきなき　初冬　⇨芭蕉忌

芭蕉会　ばしょうえ　ばせうゑ　初冬　⇨芭蕉忌

ばせを忌　ばせおき　初冬　⇨芭蕉忌

几董忌　きとうき　初冬

旧暦一〇月二三日。俳諧師、高井几董（一七四一〜八九）の忌日。

5音　**晋明忌**《しんめいき》

6音　**春夜楼忌**《しゅんやろうき》

空也忌　くうやき　仲冬

旧暦一一月一三日。空也上人（九〇三?〜七二）の忌日。

一茶忌　いっさき　仲冬

旧暦一一月一九日。俳人、小林一茶（一七六三〜一八二八）の忌日。

蕪村忌　ぶそんき　晩冬

旧暦一二月二五日。俳人・画家、与謝蕪村（一七一六〜一七八四）の忌日。

5音 **春星忌**《しゅんせいき》

6音 **夜半亭忌**《やはんていき》

4音　動物

赤熊　あかぐま　三冬　⇩熊〔16頁〕

白熊　しろくま　三冬　⇩熊〔同右〕

黒熊　くろぐま　三冬　⇩熊〔同右〕

熊の子　くまのこ　三冬　⇩熊〔同右〕

冬眠　とうみん　三冬

例 冬眠の蝮《まむし》のほかは寝息なし　金子兜太

貛　あなぐま　三冬

2音 **猯**《まみ》

3音 **貉**《むじな》

5音 **まみ狸**《だぬき》

穴掘り　あなほり　三冬　⇨貛

笹熊　ささぐま　三冬　⇨貛

羚羊／氈鹿　かもしか　三冬

かもしし　三冬　⇨羚羊

青鹿　あおしし　あをしし　三冬　⇨羚羊

鼯鼠　むささび　三冬

晩鳥　ばんどり　三冬　⇨鼯鼠

ももんが　三冬　⇨鼯鼠

狼　おおかみ　おほかみ　三冬

例 絶滅のかの狼を連れ歩く　三橋敏雄

6音 **蝦夷狼**《えぞおおかみ》

山犬／豺　やまいぬ　三冬　⇨狼

のろじか　のろじか　三冬　⇩獐《のろ》〔16頁〕

野兎　のうさぎ　三冬　⇩兎〔31頁〕

灰猫　はいねこ　はひねこ　三冬　⇩竈猫《かまどねこ》〔97頁〕

小鯨　こくじら　こくぢら　三冬　⇩鯨〔31頁〕

真海豚　まいるか　三冬　⇩海豚《いるか》〔31頁〕

大鷹　おおたか　おほたか　三冬　⇩鷹〔16頁〕

蒼鷹　あおたか　あをたか　三冬　⇩鷹〔同右〕

八角鷹　はちくま　三冬　⇩鷹〔同右〕

熊鷹　くまたか　三冬　⇩鷹〔同右〕

隼　はやぶさ　三冬

6音　**稚児隼**《ちごはやぶさ》　**長元坊**《ちょうげんぼう》

大鷲　おおわし　おほわし　三冬　⇩鷲〔17頁〕

犬鷲　いぬわし　三冬　⇩鷲〔同右〕

冬鳥　ふゆどり　三冬　⇩冬の鳥〔98頁〕

寒禽　かんきん　三冬　⇩冬の鳥〔同右〕

寒雁　かんがん　三冬　⇩冬の雁《かり》〔98頁〕

冬鷺　ふゆさぎ　三冬

5音　**冬の鷺**　**残り鷺**

冬鵙　ふゆもず　三冬　⇩冬の鵙〔98頁〕

寒鶯　かんおう　かんあう　三冬　⇩冬の鶯《うぐいす》〔122頁〕

笹鳴／小鳴　ささなき　三冬

鶯の秋から冬にかけての地鳴き（囀り以外の声）。

3音　**笹子**《ささご》

5音　**笹子鳴く**

8音　**鶯**《うぐいす》**の子**《こ》**鳴**《な》**く**

梟　ふくろう　ふくろふ　三冬

例　断面のやうな貌《かお》から梟鳴く　津川絵理子

例　梟や生きゐて嵩む電気代　高柳克弘

例　梟の声するあの辺りが昔　照屋眞理子

3音　**ふくろ**

6音　**母食鳥**《ははくいどり》　**しまふくろふ**　**しろふくろふ**

木菟　みみずく　みみづく　三冬

2音 **づく**

5音 **虎斑《とらふ》木菟《ずく》**

7音 **大木葉《おおこのは》木菟《ずく》**

五郎助　ごろすけ　三冬　⇨木菟

水鳥　みずどり　みづどり　三冬

水に浮かぶ鳥の総称。

例 水鳥と柱にもたれゐる人と　島田刀根夫

例 水鳥のくるりと水に順《したが》へり　津川絵理子

5音 **浮寝《うきね》鳥《どり》**

浮鳥　うきどり　三冬　⇨水鳥

水禽　すいきん　三冬　⇨水鳥

青頸　あおくび　あをくび　三冬　⇩鴨〔17頁〕

鈴鴨　すずがも　三冬　⇩鴨〔同右〕

葦鴨　あしがも　三冬　⇩鴨〔同右〕

蓑鴨　みのがも　三冬　⇩鴨〔同右〕

葭鴨　よしがも　三冬　⇩鴨〔同右〕

蓑葭　みのよし　三冬　⇩鴨〔同右〕

あぢむら　あじむら　三冬　⇩鴨〔同右〕

鴨打　かもうち　三冬　⇩鴨〔同右〕

鴨舟　かもぶね　三冬　⇩鴨〔同右〕

鴨道　かもみち　三冬　⇩鴨〔同右〕

鴛鴦／匹鳥　おしどり　をしどり　三冬

カモ科の水鳥。雄は色鮮やか、雌は灰色。

2音 **をし**

5音 **番鴛鴦《つがいおし》　離《はな》れ鴛鴦《おし》　鴛鴦《おし》の沓《くつ》　鴛鴦《おし》の妻《つま》**

6音 **鴛鴦《おし》の契《ちぎり》　鴛鴦《おし》の衾《ふすま》　鴛鴦《おし》の褥《しとね》　鴛鴦《おし》の浮寝《うきね》**

7音 **鴛鴦《おし》の独寝《ひとりね》　鴛鴦《おし》の毛衣《けごろも》**

銀杏羽　いちょうば　いちやうば　三冬　⇨鴛鴦

思羽　おもいば　おもひば　三冬　⇨鴛鴦

剣羽　つるぎば　三冬　⇨鴛鴦

大膳　だいぜん　三冬　⇩千鳥《ちどり》〔32頁〕

胸黒　むなぐろ　三冬　⇩千鳥〔同右〕

小千鳥　こちどり　三冬　⇩千鳥〔同右〕

にほどり　におどり　三冬　⇩鳰《かいつぶり》〔99頁〕

鷿鷉　へきてい　三冬　⇩鳰〔同右〕

丹頂　たんちょう　たんちやう　三冬　⇩鶴〔17頁〕

鍋鶴　なべづる　三冬　⇩鶴〔同右〕

真鶴　まなづる　三冬　⇩鶴〔同右〕

黒鶴　くろづる　三冬　⇩鶴〔同右〕

凍鶴　いてづる　三冬

凍ったように動かない鶴のこと。

例　凍鶴の大きく足の指ひらく　岸本尚毅

5音　**霜の鶴**

6音　**霜夜《しもよ》の鶴**

鶴凍つ　つるいつ　三冬　⇨凍鶴

例　鶴凍てて花の如きを糞《ま》りにけり　波多野爽波

白鳥　はくちょう　はくてう　晩冬

例　ふぶくごとくに白鳥のもどりくる　中岡毅雄

例　白鳥といふ一巨花を水に置く　中村草田男

例　白鳥の餅のごとくや田に憩ふ　篠塚雅世

3音　**スワン**　**鵠《くぐい》**

6音　**大白鳥《おおはくちょう》**

7音　**白鳥来《はくちょうきた》る**

落鷹　おちたか　三冬

南方に渡る途中、力尽きて沖縄などで冬を越す鷹。

5音　**はぐれ鷹**

ウティダカ　三冬　⇨落鷹

猫鮫　ねこざめ　三冬　⇩鮫〔17頁〕

青鮫　あおざめ　あをざめ　三冬　⇩鮫〔同右〕

例　青鮫の来るほどシンク磨きけり　岡田由季

星鮫　ほしざめ　三冬　⇩鮫〔同右〕

虎鮫　とらざめ　三冬　⇩鮫〔同右〕

鰭長　びんなが　三冬　⇩鮪《まぐろ》〔32頁〕

俗称の「びんちょう」のほうが呼称として定着。

鰰／雷魚／鱩　はたはた　三冬

〔6音〕**かみなりうを**

魴鮄／竹麦魚　ほうぼう　はうばう　三冬

まながた　まながた　三冬　⇩鯧《まながつお》〔100頁〕

初鱈　はつたら　初冬

一一月頃、その年初めて穫れる鱈。

本鱈　ほんだら　三冬　⇩鱈《たら》〔18頁〕

磯鱈　いそだら　三冬　⇩鱈〔同右〕

沖鱈　おきだら　三冬　⇩鱈〔同右〕

鱈船　たらぶね　三冬　⇩鱈〔同右〕

鱈網　たらあみ　三冬　⇩鱈〔同右〕

佐渡鱈　さどだら　三冬　⇩助宗鱈《すけそうだら》〔116頁〕

紅葉子　もみじこ　もみぢこ　三冬　⇩助宗鱈〔同右〕

初鰤　はつぶり　仲冬

一二月頃、その年初めて穫れる鰤。

寒鰤　かんぶり　三冬　⇩鰤《ぶり》〔18頁〕

大鰤　おおぶり　おほぶり　三冬　⇩鰤〔同右〕

入道　にゅうどう　にふだう　三冬　⇩鰤〔同右〕

大魚　おおいお　おほいを　三冬　⇩鰤〔同右〕

巻鰤　まきぶり　三冬　⇩鰤〔同右〕

鯥の子　むつのこ　晩冬　⇩鯥《むつ》〔18頁〕

鯥の卵巣。

寒鯛　かんだい　かんだひ　晩冬

〔5音〕**冬の鯛**

甘鯛　あまだい　あまだひ　三冬

〔2音〕**ぐじ**

〔5音〕**興津鯛《おきつだい》**

舞鯛　まいだい　まひだひ　三冬　⇩舞鯛《ぶだい》〔33頁〕

金糸魚　いとより　三冬

〔5音〕**金線魚《きんせんぎょ》**

〔6音〕**糸撚鯛《いとよりだい》**　**糸繰魚《いとくりうお》**

糸魚　いとうお　いとうを　三冬　⇨金糸魚

4音

だぼ鱚　だぼぎす　三冬

ソトイワシ科の海水魚。蒲鉾などになる。

［2音］**ぎす**

おきぎす　三冬　⇨だぼ鱚

ひめいち　三冬　⇩ひめぢ〔33頁〕

鮟鱇　あんこう　あんかう　三冬

［2音］**授魚**《じゅぎょ》

［3音］**琵琶魚**《びわぎょ》

［10音］**鮟鱇の吊し切り**

華臍魚　かせいぎょ　くわせいぎょ　三冬　⇨鮟鱇

老婆魚　ろうばぎょ　らうばぎょ　三冬　⇨鮟鱇

寒鰡　かんぼら　三冬

［5音］**日出**《ひので》**鰡**《ぼら》

腹太　はらふと　初冬　⇩落鱸《おちすずき》〔101頁〕

落鱚　おちぎす　仲冬

海の深い場所で越冬している鱚。

杜父魚／杜夫魚　かくぶつ　三冬

カジカ科の淡水魚。日本固有種で、一一月頃、産卵のため河口へ下る。

［3音］**杜父魚**《とふぎょ》

［5音］**霰魚**《あられうお》　**あられがこ**

鯇網　あらあみ　三冬　⇩鯇《あら》〔18頁〕

氷魚汲む　ひおくむ　ひをくむ　三冬　⇩氷魚《ひうお》〔33頁〕

虎河豚　とらふぐ　三冬　⇩河豚《ふぐ》〔18頁〕

箱河豚　はこふぐ　三冬　⇩河豚〔同右〕

胡麻河豚　ごまふぐ　三冬　⇩河豚〔同右〕

草河豚　くさふぐ　三冬　⇩河豚〔同右〕

金河豚　きんふぐ　三冬　⇩河豚〔同右〕

寒鯉　かんごい　かんごひ　晩冬

［例］すれ違ふ寒鯉に渦おこりけり　岸本尚毅

［例］寒鯉のしづかなる列通りゆく　山口青邨

凍鯉　いてごい　いてごひ　晩冬　⇨寒鯉

寒鮒　かんぶな　晩冬

例　寒鮒の汲みかへられて澄みにけり　前田普羅

6音　**寒鮒釣**《かんぶなつり》

寒馴れ　かんなれ　晩冬　⇨寒鮒

寒鮠　かんばや　晩冬

寒〔13頁〕の時期の鮠《はや》（コイ科の淡水魚）。

寒烏賊　かんいか　晩冬

長牡蠣　ながかき　三冬　⇩牡蠣《かき》〔18頁〕

蝦夷牡蠣　えぞがき　三冬　⇩牡蠣〔同右〕

牡蠣殻　かきがら　三冬　⇩牡蠣〔同右〕

牡蠣船　かきぶね　三冬　⇩牡蠣〔同右〕

真蜆　ましじみ　晩冬　⇩寒蜆《かんしじみ》〔102頁〕

玉珧　たいらぎ　たひらぎ　三冬

ハボウキガイ科の二枚貝。長さ三〇センチで殻は褐色または暗緑色。貝柱を食用にする。

5音　**平貝**《たいらがい》　**烏帽子貝**《えぼしがい》

冬蝶　ふゆちょう　ふゆてふ　三冬　⇩冬の蝶〔102頁〕

凍蝶　いてちょう　いててふ　晩冬

寒さのためあまり動かない蝶。

例　凍蝶の模様が水の面になりぬ　鴇田智哉

蝶凍つ　ちょういつ　てふいつ　晩冬　⇨凍蝶

冬蜂　ふゆばち　三冬　⇩冬の蜂〔102頁〕

凍蜂　いてばち　三冬　⇩冬の蜂〔同右〕

冬蠅　ふゆばえ　ふゆばへ　三冬　⇩冬の蠅〔102頁〕

凍蠅　いてばえ　いてばへ　三冬　⇩冬の蠅〔同右〕

寒蠅　かんばえ　かんばへ　三冬　⇩冬の蠅〔同右〕

凍虻　いてあぶ　三冬　⇩冬の虻〔102頁〕

綿虫　わたむし　初冬

アブラムシ科の昆虫。体長約二ミリ。空中を綿屑のように浮遊する。

5音　**雪蛍**《ゆきぼたる》　**雪婆**《ゆきばんば》　**白粉婆**《しろこばば》

大綿　おおわた　おほわた　初冬　⇨綿虫

雪虫　ゆきむし　初冬　⇨綿虫

ざざ虫　ざざむし　三冬

蜉蝣《かげろう》や孫太郎虫など水生昆虫の総称。

虫老ゆ　むしおゆ　三冬　⇩冬の虫〔102頁〕

虫嗄る　むしかる　三冬　⇩冬の虫〔同右〕

虫絶ゆ　むしたゆ　三冬　⇩冬の虫〔同右〕

冬の蚊　ふゆのか　三冬

3音 **冬蚊**

4音　植物

寒梅　かんばい　晩冬　⇩冬の梅〔103頁〕

早梅　そうばい　さうばい　晩冬

春を待たずに早く咲き始める梅。

5音 **梅早し**

7音 **早咲きの梅**

臘梅／蠟梅　ろうばい　らふばい　晩冬

黄色の小花を多数つける落葉低木。

例　歩み来て臘梅はたと眉の上　岸本尚毅

6音 **南京梅《なんきんうめ》**

唐梅　からうめ　晩冬　⇨臘梅

二度咲き　にどざき　初冬　⇩帰り花〔103頁〕

室咲き　むろざき　三冬

春に咲くはずの花が温室で冬に咲くこと。

冬薔薇　ふゆばら　三冬　⇩冬薔薇《ふゆそうび》〔103頁〕

寒薔薇　かんばら　三冬　⇩冬薔薇〔同右〕

侘助／侘介／侘助　わびすけ　三冬

ツバキ科の常緑低木。花は小さめの一重で白や紅色。

山茶花／茶梅　さざんか　さざんくわ　初冬

ツバキ科の常緑小高木。白または紅色の五弁花。

茶の花　ちゃのはな　初冬

ツバキ科の常緑低木。白い五弁の小花が咲く。

寒木瓜　かんぼけ　晩冬

冬に咲く木瓜（バラ科の落葉低木）。なお木瓜の花は晩春の季語。

冬木瓜　ふゆぼけ　晩冬　⇨寒木瓜

椪柑／凸柑　ぽんかん　三冬

ざんぼあ　晩冬　⇩朱欒《ざぼん》〔35頁〕

文旦　ぶんたん　晩冬　⇩朱欒〔同右〕

ぼんたん　晩冬　⇩朱欒〔同右〕

花枇杷　はなびわ　はなびは　初冬　⇩枇杷《びわ》の花〔104頁〕

枇杷咲く　びわさく　びはさく　初冬　⇩枇杷の花〔同右〕

落葉　らくよう　らくえふ　三冬　⇩落葉《おちば》〔35頁〕

朴散る　ほおちる　ほほちる　初冬　⇩朴落葉《ほおおちば》〔105頁〕

寒林　かんりん　三冬

例　寒林を抜けみずみずしき空腹　渋川京子

寒木　かんぼく　三冬　⇨寒林

裸木　はだかぎ　三冬　⇩枯木《かれき》〔35頁〕

例　バイオリン弾くはずだった裸木たち　坪内稔典

枯枝　かれえだ　三冬　⇩枯木〔同右〕

枯蔦　かれづた　三冬

蔦枯る　つたかる　三冬　⇨枯蔦

枯蔓　かれづる　三冬

宿木／寄生木　やどりぎ　三冬

ビャクダン科の常緑小高木。落葉高木に寄生。

冬枯　ふゆがれ　三冬

2音　**枯**《かれ》　**枯**《か》**る**

6音　**冬枯道**《ふゆがれみち》

冬枯る　ふゆかる　三冬　⇨冬枯

霜枯　しもがれ　三冬

霜枯る　しもかる　三冬　⇨霜枯

雪折　ゆきおれ　三冬

樹木が雪の重さで折れること。

寒菊　かんぎく　三冬

晩秋から初冬に咲く園芸種。別名は冬菊、霜菊。原種は島寒菊、浜寒菊。

6音 **島寒菊《しまかんぎく》**　**浜寒菊《はまかんぎく》**

冬菊　ふゆぎく　三冬　⇨寒菊

例 冬菊のまとふはおのがひかりのみ　水原秋櫻子

霜菊　しもぎく　三冬　⇨寒菊

水仙　すいせん　晩冬

ヒガンバナ科の多年草。なお、黄水仙、喇叭《らっぱ》水仙は仲春の季語。

例 水仙や古鏡のごとく花をかかぐ　松本たかし

5音 **水仙花《すいせんか》**　**雪中花《せっちゅうか》**　**野水仙《のずいせん》**

葉牡丹　はぼたん　晩冬

牡丹菜　ぼたんな　晩冬　⇨葉牡丹

カトレア　三冬

ラン科の花。品種が多く、花は大輪で、色が白、黄、紅色など様々。

千両　せんりょう　せんりやう　三冬

センリョウ科の常緑小低木。小さな球形の実が葉の上にかたまってつき、冬に赤く熟す。

5音 **草珊瑚《くささんご》**　**実千両《みせんりょう》**

仙蓼　せんりょう　せんれう　三冬　⇨千両

万両／硃砂根　まんりょう　まんりやう　三冬

サクラソウ科の常緑小低木。小さな球形の実が葉の下にかたまってつき、冬に赤く熟す。

5音 **実万両《みまんりょう》**

枯菊　かれぎく　三冬

例 枯菊の色無き上に日のひかり　岩田由美

6音 **枯菊焚《かれぎくた》く**

7音 **枯れ残る菊**

菊枯る　きくかる　三冬　⇨枯菊

凍菊　いてぎく　三冬　⇨枯菊

枯蓮　かれはす　三冬

例 枯蓮のうごく時きてみなうごく　西東三鬼

蓮枯る　はすかる　三冬　⇨枯蓮

5音 **枯蓮《かれはちす》　蓮枯《はちすか》る　蓮《はす》の骨《ほね》**

小松菜　こまつな　三冬　⇩冬菜《ふゆな》〔36頁〕

油菜　あぶらな　三冬　⇩冬菜〔同右〕

杓子菜　しゃくしな　三冬　⇩冬菜〔同右〕

布袋菜　ほていな　三冬　⇩冬菜〔同右〕

野沢菜　のざわな　のざはな　三冬　⇩冬菜〔同右〕

白菜　はくさい　三冬

例 白菜の山に身を入れ目で数ふ　中村汀女

例 白菜が積まれ落書したくなりぬ　加倉井秋を

芽キャベツ　めきゃべつ　三冬

5音 **姫キャベツ**

6音 **姫甘藍《ひめかんらん》**

7音 **子持甘藍《こもちかんらん》**

一文字　ひともじ　晩冬　⇩葱《ねぎ》〔19頁〕

葱抜く　ねぎぬく　晩冬　⇩葱〔同右〕

4音

海老芋／蝦芋　えびいも　三冬

サトイモ科の芋。京都産がよく知られる。

京芋　きょういも　きやういも　三冬　⇨海老芋

大根　だいこん　三冬

例 流星群来よ大根を煮ておくから　大畑等

例 流れ行く大根の葉の早さかな　高浜虚子

3音 **だいこ　おほね**

5音 **大根畑《だいこばた》**

6音 **土大根《つちだいこん》　千六本《せんろっぽん》**

7音 **大根畑《だいこんばたけ》　三浦大根《みうらだいこん》　練馬大根《ねりまだいこん》　理想大根《りそうだいこん》　辛味大根《からみだいこん》**

8音 **沢庵大根《たくあんだいこん》　青首大根《あおくびだいこん》　方領大根《ほうりょうだいこん》　守口大根《もりぐちだいこん》**

9音 **聖護院大根《しょうごいんだいこん》**

人参　にんじん　三冬

例 一本で買ふ鉛筆も人参も　篠塚雅世

例 人参を並べておけばわかるなり　鴇田智哉

蕪菜　かぶらな　三冬　⇩蕪《かぶ》〔19頁〕
赤蕪　あかかぶ　三冬　⇩蕪〔同右〕
大蕪　おおかぶ　おほかぶ　三冬　⇩蕪〔同右〕
蕪畑　かぶばた　三冬　⇩蕪〔同右〕
蓮根　れんこん　三冬　⇩蓮根《はすね》〔36頁〕
寒独活／寒土当帰　かんうど　三冬
独活《うど》の栽培品種で冬季に収穫する。
寒芹　かんぜり　三冬
冬芹　ふゆぜり　三冬　⇨寒芹
麦の芽　むぎのめ　初冬
冬草　ふゆくさ　三冬
5音　**冬の草**
6音　**冬青草**《ふゆあおくさ》
葭枯る　よしかる　三冬　⇩名《な》の草枯《くさか》る〔118頁〕
萱枯る　かやかる　三冬　⇩名の草枯る〔同右〕
枯草　かれくさ　三冬

草枯る　くさかる　三冬　⇨枯草
草枯　くさがれ　三冬　⇨枯草
枯蘆／枯芦／枯葦　かれあし　三冬
6音　**蘆**《あし》**の枯葉**《かれは》　**枯蘆原**《かれあしはら》
蘆枯る　あしかる　三冬　⇨枯蘆
枯萩　かれはぎ　三冬
萩枯る　はぎかる　三冬　⇨枯萩
枯芝　かれしば　三冬
例　枯芝をゆくひろびろと踏み残し　津久井健之
芝枯る　しばかる　三冬　⇨枯芝
あかだま　三冬　⇩藪柑子《やぶこうじ》〔107頁〕
冬萌　ふゆもえ　晩冬
冬に芽を出していること。
なめたけ　三冬　⇩滑子《なめこ》〔36頁〕
ふゆたけ　三冬　⇩滑子〔同右〕

5音の季語

5音 時候

冬初め ふゆはじめ 初冬 ⇩初冬《はつふゆ》〔37頁〕

神無月 かんなづき 初冬
旧暦一〇月（新暦おおむね一一月）の異称。
例 空狭き都に住むや神無月 夏目漱石
6音 **神去月《かみさりづき》** **神在月《かみありづき》** **初霜月《はつしもづき》**

神無月 かみなづき 初冬 ⇨神無月

時雨月 しぐれづき 初冬 ⇨神無月

冬に入る ふゆにいる 初冬 ⇩立冬〔37頁〕
例 塩甕に塩ぎつしりと冬に入る 福永耕二

冬来る ふゆきたる 初冬 ⇩立冬〔同右〕

5音

今朝の冬 けさのふゆ 初冬 ⇩立冬〔同右〕

小六月 ころくがつ ころくぐわつ 初冬 ⇩小春〔20頁〕

小春空 こはるぞら 初冬 ⇩小春〔同右〕

小春風 こはるかぜ 初冬 ⇩小春〔同右〕

小春凪 こはるなぎ 初冬 ⇩小春〔同右〕

冬ぬくし ふゆぬくし 三冬 ⇩冬暖か〔108頁〕

冬うらら ふゆうらら 三冬 ⇩冬麗《とうれい》〔38頁〕

冬浅し ふゆあさし 初冬

浅き冬 あさきふゆ 初冬 ⇨冬浅し

冬半ば ふゆなかば 仲冬 ⇩仲冬〔38頁〕

冬最中 ふゆもなか 仲冬 ⇩仲冬〔同右〕

神楽月 かぐらづき 仲冬 ⇩霜月〔38頁〕

雪見月 ゆきみづき 仲冬 ⇩霜月〔同右〕

十二月 じゅうにがつ じふにぐわつ 仲冬

麋角解す びかくげす 仲冬
七十二候（中国）で一二月二七日頃から約五日間。オオシカの角が抜けること。

9音　**麋《さわしか》角《つの》解《お》つる**

末の冬　すえのふゆ　すゑのふゆ　晩冬　⇩晩冬〔38頁〕

三冬月　みふゆづき　仲冬　晩冬・暮　⇩師走《しわす》〔20頁〕

弟月／乙子月　おとごづき　仲冬　晩冬・暮　⇩師走〔同右〕

親子月　おやこづき　仲冬　晩冬・暮　⇩師走〔同右〕

大節季　おおせっき　おほせつき　晩冬・暮　⇩節季〔20頁〕

年の暮　としのくれ　仲冬・暮

例　下駄買うて箪笥の上や年の暮　永井荷風

2音　**暮《くれ》**

3音　**歳暮《さいぼ》　歳暮《せいぼ》**

4音　**歳末　歳晩　年末　年の尾《お》　年の瀬　年尽《としつ》く**

年暮《としく》る　年満《としみ》つ

6音　**年の終り　年の別れ　年の限り　年の湊《みなと》　年の名残　年の急ぎ**

年の果　としのはて　仲冬・暮　⇨年の暮

年堺　としざかい　としざかひ　仲冬・暮　⇨年の暮

年つまる　としつまる　仲冬・暮　⇨年の暮

年迫る　としせまる　仲冬・暮　⇨年の暮

年の奥　としのおく　仲冬・暮　⇨年の暮

年深し　としふかし　仲冬・暮　⇨年の暮

年の内　としのうち　仲冬・暮

4音　**年内《ねんない》**

年流る　としながる　仲冬・暮　⇩行く年〔39頁〕

去ぬる年　いぬるとし　仲冬・暮　⇩行く年〔同右〕

年送る　としおくる　仲冬・暮　⇩行く年〔同右〕

年歩む　としあゆむ　仲冬・暮　⇩行く年〔同右〕

小晦日　こつごもり　仲冬・暮

一二月三〇日のこと。

大晦日／大三十日　おおみそか　おほみそか　仲冬・暮

例　大晦日定めなき世のさだめ哉　西鶴

例　大晦日ねむたくなればねむりけり　日野草城

3音 **除日《じょじつ》**

4音 **大年《おおどし》／大歳《おおどし》**

6音 **大つごもり**

年惜しむ　としおしむ　としをしむ　仲冬・暮

4音 **惜年《せきねん》**

惜しむ年　おしむとし　をしむとし　仲冬・暮　⇨年惜しむ

年移る　としうつる　仲冬・暮　⇩年越〔39頁〕

年一夜　としひとよ　仲冬・暮　⇩除夜〔12頁〕

年の晩　としのばん　仲冬・暮　⇩除夜〔同右〕

寒の内　かんのうち　晩冬　⇩寒〔13頁〕

寒四郎　かんしろう　かんしらう　晩冬　⇩寒〔同右〕

寒に入って四日目のこと。

寒の入　かんのいり　晩冬

二十四節気の小寒《しょうかん》〔40頁〕、一月五日頃のこと。

4音 **寒前《かんまえ》**

7音 **小寒《しょうかん》の入《いり》**

寒に入る　かんにいる　晩冬　⇨寒の入

寒固　かんがため　晩冬　⇨寒の入

寒がはり　かんがわり　かんがはり　晩冬　⇩大寒〔40頁〕

寒土用　かんどよう　晩冬

立春（二月四日頃）前の約一八日間。

冬の朝　ふゆのあさ　三冬

4音 **寒暁《かんぎょう》**

6音 **冬暁《ふゆあかつき》**　**冬曙《ふゆあけぼの》**

寒き朝　さむきあさ　三冬　⇨冬の朝

日短し　ひみじかし　三冬　⇩短日〔40頁〕

暮早し　くれはやし　三冬　⇩短日〔同右〕

暮易し　くれやすし　三冬　⇩短日〔同右〕

冬の暮　ふゆのくれ　三冬

3音 **寒暮《かんぼ》**

6音 **冬の夕べ**

冬の夕　ふゆのゆう　ふゆのゆふ　三冬　⇨冬の暮

冬夕べ　ふゆゆうべ　ふゆゆふべ　三冬　⇨冬の暮

冬の宵　ふゆのよい　ふゆのよひ　三冬　⇨冬の暮

冬の夜半　ふゆのよわ　ふゆのよは　三冬　⇩冬の夜《よ》〔40頁〕

夜半の冬　よわのふゆ　よはのふゆ　三冬　⇩冬の夜〔同右〕

凍湊　いてみなと　三冬　⇩凍《い》つ〔13頁〕

凍曇　いてぐもり　三冬　⇩凍つ〔同右〕

凍霞　いてがすみ　三冬　⇩凍つ〔同右〕

冴ゆる月　さゆるつき　三冬　⇩冴《さ》ゆ〔13頁〕

冴ゆる風　さゆるかぜ　三冬　⇩冴ゆ〔同右〕

冴ゆる星　さゆるほし　三冬　⇩冴ゆ〔同右〕

鐘氷る　かねこおる　かねこほる　三冬

鐘の音も凍ったように感じること。

4音　**鐘冴《かねさ》ゆ**

寒きびし　かんきびし　晩冬　⇩厳寒〔41頁〕

からしばれ　晩冬　⇩凍《しば》れ〔21頁〕

冬深し　ふゆふかし　晩冬

3音　**真冬**

4音　**冬さぶ　真冬日**

6音　**冬たけなは**

冬深む　ふゆふかむ　晩冬　⇨冬深し

暮の冬　くれのふゆ　晩冬　⇨冬深し

日脚伸ぶ　ひあしのぶ　晩冬

冬至を過ぎて明るい時間が徐々に増えていくこと。

例　あそびたき紐の尖端日脚伸ぶ　渋川京子

春を待つ　はるをまつ　晩冬　⇩春待つ〔41頁〕

例　春を待つこころに鳥がゐて動く　八田木枯

例　糸電話ほどの小さな春を待つ　佐藤鬼房

春近し　はるちかし　晩冬

例　春近し人形に敷く小座布団　村上鞆彦

4音　**春信《しゅんしん》**

6音　**春を急ぐ**

7音　**春遠からじ**

春隣　はるどなり　晩冬　⇨春近し

春隣る　はるとなる　晩冬　⇨春近し

明日の春　あすのはる　晩冬　⇨春近し

春まぢか　はるまぢか　晩冬　⇨春近し

冬終る　ふゆおわる　ふゆをはる　晩冬

4音　**冬尽《ふゆつ》く　冬果《ふゆは》つ　冬行く　冬去る**

6音　**冬の名残　冬の限り　冬の別れ**

三冬尽く　みふゆつく　晩冬　⇨冬終る

冬惜しむ　ふゆおしむ　ふゆをしむ　晩冬　⇨冬終る

冬送る　ふゆおくる　晩冬　⇨冬終る

節替り　せつがわり　せつがはり　晩冬　⇩節分〔42頁〕

5音　天文

冬日向　ふゆひなた　三冬　⇩冬日〔21頁〕

冬日差　ふゆひざし　三冬　⇩冬日〔同右〕

冬日影　ふゆひかげ　三冬　⇩冬日〔同右〕

冬日没る　ふゆびいる　三冬　⇩冬日〔同右〕

冬落暉　ふゆらっき　ふゆらくき　三冬　⇩冬日〔同右〕

冬日和　ふゆびより　三冬　⇩冬晴〔42頁〕

寒日和　かんびより　晩冬　⇩寒晴〔42頁〕

冬旱　ふゆひでり　三冬

寒旱　かんひでり　三冬　⇨冬旱

冬の空　ふゆのそら　三冬

例　畑あり家ありここら冬の空　波多野爽波

4音　**冬空《ふゆぞら》　寒天《かんてん》　寒空《さむぞら》　冬天《とうてん》　凍空《いてぞら》　幽天《ゆうてん》**

6音　**冬青空《ふゆあおぞら》**

冬の雲　ふゆのくも　三冬

例　コピー機のひかり滑りぬ冬の雲　中嶋憲武

例　冬の雲会社に行かず遠出せず　西村麒麟

4音　**冬雲《ふゆぐも》　寒雲《かんうん》　凍雲《いてぐも》　凄雲《せいうん》**

6音　**蝶々雲《ちようちようぐも》**

7音　**富士《ふじ》の笠雲《かさぐも》**

5音

冬の月　ふゆのつき　三冬

例 うしろからひそかに出たり冬の月　正岡子規

例 一列のレグホン眠る冬の月　柿本多映

4音 **月冴《つきさ》ゆ**

6音 **冬満月**

月氷る　つきこおる　つきこほる　三冬　⇨冬の月

冬の星　ふゆのほし　三冬

4音 **寒星《かんせい》**　**荒星《あらぼし》**　**凍星《いてぼし》**　**星冴《ほしさ》ゆ**

枯木星　かれきぼし　三冬　⇨冬の星

冬星座　ふゆせいざ　三冬　⇨冬の星

冬銀河　ふゆぎんが　三冬

例 人体に骨ゆきわたる冬銀河　鳥居真里子

冬北斗　ふゆほくと　三冬

寒北斗　かんほくと　三冬　⇨冬北斗

六連星　むつらぼし　三冬　⇩すばる〔22頁〕

寒昴　かんすばる　三冬　⇩すばる〔同右〕

冬昴　ふゆすばる　三冬　⇩すばる〔同右〕

御講凪　おこうなぎ　おかうなぎ　仲冬

報恩講〔113頁〕の頃の穏やかな天候。

6音 **お講日和《こうびより》**

冬の風　ふゆのかぜ　三冬　⇩寒風《かんぷう》〔43頁〕

空つ風　からっかぜ　三冬　⇩空風《からかぜ》〔44頁〕

北颪／北下し　きたおろし　三冬

山から吹き降ろす北風。

神渡　かみわたし　初冬

陰暦一〇月の西風。神々を出雲に運ぶとの意味から。

6音 **神立風《かみたつかぜ》**

隙間風　すきまかぜ　三冬

例 国宝の寺おほらかに隙間風　鷹羽狩行

6音 **ひま洩《も》る風《かぜ》**

虎落笛　もがりぶえ　三冬

北風が樹木や家などに当たって音を立てること。

鎌鼬 かまいたち 三冬
冬に何かに触れたわけでもないのに空気の動きで手などに切り傷がつくこと。古くは妖怪の仕業とされた。
4音 **鎌風《かまかぜ》**

初時雨 はつしぐれ 初冬
朝時雨 あさしぐれ 初冬 ⇩時雨《しぐれ》〔22頁〕
夕時雨 ゆうしぐれ ゆふしぐれ 初冬 ⇩時雨〔同右〕
小夜時雨 さよしぐれ 初冬 ⇩時雨〔同右〕
例 小夜時雨上野を虚子の来つゝあらん 正岡子規
村時雨 むらしぐれ 初冬 ⇩時雨〔同右〕
北時雨 きたしぐれ 初冬 ⇩時雨〔同右〕
横時雨 よこしぐれ 初冬 ⇩時雨〔同右〕
片時雨 かたしぐれ 初冬 ⇩時雨〔同右〕
月時雨 つきしぐれ 初冬 ⇩時雨〔同右〕
時雨雲 しぐれぐも 初冬 ⇩時雨〔同右〕
時雨傘 しぐれがさ 初冬 ⇩時雨〔同右〕

冬の雨 ふゆのあめ 三冬
例 掃除しに上る二階や冬の雨 波多野爽波
3音 **凍雨《とうう》**

寒の雨 かんのあめ 晩冬
6音 **寒九《かんく》の雨**

初霰 はつあられ 三冬 ⇩霰《あられ》〔22頁〕
夕霰 ゆうあられ ゆふあられ 三冬 ⇩霰〔同右〕
玉霰 たまあられ 三冬 ⇩霰〔同右〕
雪あられ ゆきあられ 三冬 ⇩霰〔同右〕
雪雑り ゆきまじり 三冬 ⇩霙《みぞれ》〔22頁〕
霧の花 きりのはな 晩冬 ⇩霧氷《むひょう》〔23頁〕
霧氷林 むひょうりん 晩冬 ⇩霧氷〔同右〕
樹氷林 じゅひょうりん 晩冬 ⇩樹氷〔23頁〕
樹氷原 じゅひょうげん 晩冬 ⇩樹氷〔同右〕
霜の声 しものこえ しものこゑ 三冬 ⇩霜〔13頁〕
霜雫 しもしずく しもしづく 三冬 ⇩霜〔同右〕

霜の花　しものはな　三冬　⇩霜〔同右〕

はだれ霜　はだれじも　三冬　⇩霜〔同右〕

霜だたみ　しもだたみ　三冬　⇩霜〔同右〕

霜日和　しもびより　三冬　⇩霜〔同右〕

露こほる　つゆこおる　つゆこほる　三冬　⇩露凝る〔45頁〕

雪催　ゆきもよい　ゆきもよひ　三冬

雪が降り出しそうな空模様。

例　にはとりの煮ゆる匂ひや雪もよひ　鴇田智哉

3音　**雪気**《ゆきげ》　**雪意**《せつい》

4音　**雪雲**《ゆきぐも》　**雪暗**《ゆきぐれ》

雪曇　ゆきぐもり　三冬　⇨雪催

雪模様　ゆきもよう　ゆきもやう　三冬　⇨雪催

六花　むつのはな　三冬　⇩雪〔14頁〕

雪の花　ゆきのはな　三冬　⇩雪〔同右〕

雪明り　ゆきあかり　三冬　⇩雪〔同右〕

雪の声　ゆきのこえ　ゆきのこゑ　三冬　⇩雪〔同右〕

細雪　ささめゆき　三冬　⇩雪〔同右〕

小米雪　こごめゆき　三冬　⇩雪〔同右〕

俵雪　たわらゆき　たはらゆき　三冬　⇩雪〔同右〕

衾雪　ふすまゆき　三冬　⇩雪〔同右〕

明の雪　あけのゆき　三冬　⇩雪〔同右〕

今朝の雪　けさのゆき　三冬　⇩雪〔同右〕

雪の宿　ゆきのやど　三冬　⇩雪〔同右〕

しまり雪　しまりゆき　三冬　⇩雪〔同右〕

ざらめ雪　ざらめゆき　三冬　⇩雪〔同右〕

雪月夜　ゆきづきよ　三冬　⇩雪〔同右〕

雪景色　ゆきげしき　三冬　⇩雪〔同右〕

雪女　ゆきおんな　ゆきをんな　晩冬

4音　**雪鬼**《ゆきおに》

雪女郎　ゆきじょろう　ゆきぢよらう　晩冬　⇨雪女

例　雪女郎おそろし父の恋恐ろし　中村草田男

雪坊主　ゆきぼうず　ゆきばうず　晩冬　⇨雪女

雪の精　ゆきのせい　晩冬　⇨雪女

雪男　ゆきおとこ　ゆきをとこ　晩冬　⇨雪女

深雪晴　みゆきばれ　晩冬　⇩雪晴《ゆきばれ》〈46頁〉

雪煙　ゆきけむり　晩冬　⇩吹雪〈24頁〉

雪煙　ゆきけぶり　晩冬　⇩吹雪〈同右〉

雪しまき　ゆきしまき　晩冬

雪を伴った強風。

3音 **風巻《しまき》**　**しまく**

4音 **風雪《ふうせつ》**

雪しまく　ゆきしまく　晩冬　⇨雪しまき

しまき雲　しまきぐも　晩冬　⇨雪しまき

雪時雨　ゆきしぐれ　晩冬

時雨〈22頁〉が雪に変わること。

雪しぐれ　ゆきしぐれ　晩冬　⇨雪時雨

しづり雪　しずりゆき　しづりゆき　三冬　⇩垂《しず》り〈24頁〉

冬の雷　ふゆのらい　三冬

4音 **寒雷《かんらい》**

6音 **冬雷《ふゆかみなり》**

雪起し　ゆきおこし　三冬

雪が降る前の雷。雪国に多く見られる。

6音 **雪雷《ゆきがみなり》**

雪の雷　ゆきのらい　三冬　⇨雪起し

鰤起し　ぶりおこし　三冬

北陸などで鰤漁の頃に鳴る雷。

冬霞　ふゆがすみ　三冬

6音 **冬の霞**

寒霞　かんがすみ　三冬　⇨冬霞

冬霞む　ふゆかすむ　三冬　⇨冬霞

冬の霧　ふゆのきり　三冬　⇩冬霧〈46頁〉

冬の靄　ふゆのもや　三冬　⇩冬靄〈46頁〉

冬茜　ふゆあかね　三冬　⇩冬の夕焼〈120頁〉

寒茜　かんあかね　三冬　⇩冬の夕焼〈同右〉

冬の虹　ふゆのにじ　三冬

例　国飢ゑたりわれも立ち見る冬の虹　西東三鬼

4音　**冬虹《ふゆにじ》**

しぐれ虹　しぐれにじ　三冬　⇨冬の虹

年の空　としのそら　仲冬・暮　⇩名残の空〔110頁〕

うつ田姫　うつたひめ　三冬

冬を司る女神。ちなみに春は佐保姫、秋は竜田姫。

5音　地理

冬の山　ふゆのやま　三冬

例　自動車のとまりしところ冬の山　高野素十

4音　**冬山《ふゆやま》**　**冬嶺《ふゆみね》**

6音　**冬山肌《ふゆやまはだ》**

冬山路　ふゆやまじ　ふゆやまぢ　三冬　⇨冬の山

冬登山　ふゆとざん　三冬　⇨冬の山

山眠る　やまねむる　三冬

葉の落ちた冬の山の譬《たと》え。春は「山笑ふ」、夏は「山《やま》滴《したた》る」、秋は「山粧《やまよそお》ふ」。

例　鉄塔の刺さりたるまま山眠る　堀本裕樹

例　わたくしを風景として山眠る　須藤徹

眠る山　ねむるやま　三冬　⇨山眠る

雪の原　ゆきのはら　三冬　⇩雪原《せつげん》〔47頁〕

枯野道　かれのみち　三冬　⇩枯野〔24頁〕

枯野宿　かれのやど　三冬　⇩枯野〔同右〕

枯野人　かれのびと　三冬　⇩枯野〔同右〕

枯野原　かれのはら　三冬　⇩枯野〔同右〕

冬田道　ふゆたみち　三冬　⇩冬田〔24頁〕

冬田面　ふゆたのも　三冬　⇩冬田〔同右〕

冬の園　ふゆのその　三冬　⇩枯園〔47頁〕

冬の庭　ふゆのにわ　ふゆのには　三冬　⇩枯園〔同右〕

冬景色　ふゆげしき　三冬

冬の景　ふゆのけい　三冬　⇨冬景色

冬の色　ふゆのいろ　三冬　⇨冬景色

渇水期　かっすいき　三冬　⇩水涸《みずか》る〔47頁〕

冬泉　ふゆいずみ　ふゆいづみ　三冬　⇩冬の泉〔110頁〕

冬の水　ふゆのみず　ふゆのみづ　三冬

水煙る　みずけむる　みづけむる　三冬　⇨冬の水

寒の水　かんのみず　かんのみづ　晩冬

寒〔13頁〕の間の水。飲むと効力があるとされた。

4音 **寒水《かんみず》**

6音 **寒九《かんく》の水**

冬の川　ふゆのかわ　ふゆのかは　三冬

4音 **冬川《ふゆかわ》**　**寒江《かんこう》**　**氷江《ひょうこう》**

冬川原　ふゆかわら　ふゆかはら　三冬　⇨冬の川

川凍る　かわこおる　かはこほる　三冬　⇨冬の川

冬の海　ふゆのうみ　三冬

例 海側の席とれどただ冬の海　正木浩一

4音 **冬海《ふゆうみ》**

6音 **冬の岬**

寒の海　かんのうみ　三冬　⇨冬の海

冬の波／冬の浪　ふゆのなみ　三冬

例 冬の浪とんがってくるゴジラの忌　斉田仁

4音 **冬波／冬浪／冬濤**　**寒濤《かんとう》**

冬怒濤　ふゆどとう　ふゆどたう　三冬　⇨冬の波

波の花／浪の花／波の華／浪の華　なみのはな　晩冬

打ち寄せる波にできる泡を花に喩《たと》えたもの。

4音 **潮花《しおばな》**

冬の潮　ふゆのしお　ふゆのしほ　三冬　⇩寒潮《かんちょう》〔48頁〕

冬の浜　ふゆのはま　三冬

4音 **冬浜**

6音 **冬の渚**

冬渚　ふゆなぎさ　三冬　⇨冬の浜

冬干潟　ふゆひがた　三冬　⇨冬の浜

霜柱　しもばしら　三冬

霜くづれ　しもくずれ　しもくづれ　三冬　⇨霜柱

大地凍つ　だいちいつ　三冬　⇩凍土《いてつち》〔48頁〕

凍上　しみあがり　三冬　⇩凍土〔同右〕

氷で地面が隆起すること。

初氷　はつごおり　はつごほり　初冬

厚氷　あつごおり　あつごほり　晩冬　⇩氷〔24頁〕

綿氷　わたごおり　わたごほり　晩冬　⇩氷〔同右〕

氷面鏡　ひもかがみ　晩冬　⇩氷〔同右〕

氷点下　ひょうてんか　晩冬　⇩氷〔同右〕

氷張る　こおりはる　こほりはる　晩冬　⇩氷〔同右〕

氷閉づ　こおりとず　こほりとづ　晩冬　⇩氷〔同右〕

蟬氷　せみごおり　せみごほり　晩冬　⇩氷〔同右〕

冬の滝　ふゆのたき　晩冬

4音 ▷ **冬滝**《ふゆたき》　**凍滝**《いてだき》　**滝凍**《たきい》**つ**　**氷瀑**《ひょうばく》

滝凍る　たきこおる　たきこほる　晩冬　⇨冬の滝

寒の滝　かんのたき　晩冬　⇨冬の滝

氷り滝　こおりたき　こほりたき　晩冬　⇨冬の滝

凍結湖　とうけつこ　晩冬　⇩氷湖《ひょうこ》〔25頁〕

結氷湖　けっぴょうこ　晩冬　⇩氷湖〔同右〕

御神渡り　おみわたり　晩冬

諏訪湖（長野県）で湖面の氷が持ち上がり堤のようになる現象。

4音 ▷ **御渡**《みわた》**り**

氷橋　こおりばし　こほりばし　晩冬

河川や湖が凍って人が渡れる状態になること。

6音 ▷ **氷の橋**

海凍る　うみこおる　うみこほる　晩冬　⇩氷海《ひょうかい》〔49頁〕

5音　生活

冬の服　ふゆのふく　三冬　⇩冬着〔25頁〕

冬羽織　ふゆばおり　三冬

4音 ▷ **茶羽織**《ちゃばおり》　**半纏**《はんてん》

6音 **袷羽織**《あわせばおり》

7音 **綿入羽織**《わたいればおり》

裘　かわごろも　かはごろも　三冬　⇩毛皮〔26頁〕

例　ダンサーの裸の上の裘　高浜虚子

木綿わた　もめんわた　三冬　⇩綿《わた》〔14頁〕

掛蒲団　かけぶとん　三冬　⇩蒲団〔25頁〕

敷蒲団　しきぶとん　三冬　⇩蒲団〔同右〕

藁蒲団　わらぶとん　三冬　⇩蒲団〔同右〕

羽蒲団　はねぶとん　三冬　⇩蒲団〔同右〕

絹蒲団　きぬぶとん　三冬　⇩蒲団〔同右〕

蒲団干す　ふとんほす　三冬　⇩蒲団〔同右〕

干蒲団　ほしぶとん　三冬　⇩蒲団〔同右〕

例　名山に正面ありぬ干蒲団　小川軽舟

肩蒲団　かたぶとん　三冬　⇩蒲団〔同右〕

背蒲団　せなぶとん　三冬　⇩蒲団〔同右〕

腰蒲団　こしぶとん　三冬　⇩蒲団〔同右〕

ちゃんちゃんこ　ちゃんちゃんこ　三冬

白紙子　しろかみこ　三冬　⇩紙子《かみこ》〔26頁〕

毛皮売　けがわうり　けがはうり　三冬　⇩毛皮〔26頁〕

毛皮店　けがわてん　けがはてん　三冬　⇩毛皮〔同右〕

膝毛布　ひざもうふ　三冬　⇩膝掛〔49頁〕

カーディガン　三冬　⇩セーター〔50頁〕

インバネス　三冬　⇩マント〔26頁〕

例　インバネス死後も時々浅草へ　西村麒麟

雪合羽　ゆきがっぱ　三冬

アノラック　三冬

3音 **ヤッケ**　**パーカ**

綿帽子　わたぼうし　三冬

冬帽子　ふゆぼうし　三冬

4音 **冬帽**

雪眼鏡　ゆきめがね　晩冬

4音 **ゴーグル**

頰被　ほおかむり　ほほかむり　三冬

耳袋　みみぶくろ　三冬

毛糸編む　けいとあむ　三冬　⇩毛糸〔27頁〕

例　原発を借景にして毛糸編む　山口東人

毛糸玉　けいとだま　三冬　⇩毛糸〔同右〕

きな粉餅　きなこもち　仲冬　⇩餅〔14頁〕

霰餅　あられもち　晩冬

3音　**あられ**

4音　**欠餅《かきもち》**

寒の餅　かんのもち　晩冬　⇩寒餅〔51頁〕

氷餅　こおりもち　こほりもち　晩冬

夜の戸外で凍らせた餅。

玉子酒／卵酒　たまござけ　三冬

寒卵　かんたまご　晩冬

鶏が寒〔13頁〕の間に産んだ卵。他の季節の卵より滋養が高いとされる。

例　寒卵一つ割つたりひゞきけり　原石鼎

例　看護婦の掌の窪小さし寒卵　石田波郷

薬喰　くすりぐい　くすりぐひ　三冬

冬に滋養のために牛や馬、猪などの肉を食べること。

例　イエスほど痩せてはをらず薬喰　亀田虎童子

4音　**寒喰《かんぐい》**

ぬくめ鮓　ぬくめずし　三冬　⇩蒸鮓《むしずし》〔51頁〕

蕪鮓　かぶらずし　三冬

焼芋屋　やきいもや　三冬　⇩焼芋〔51頁〕

夜鷹蕎麦　よたかそば　三冬

例　夜鷹蕎麦これより曳いてゆくところ　岸本尚毅

6音　**夜《よ》鳴《なき》饂《う》飩《どん》**

夜鳴蕎麦　よなきそば　三冬　⇨夜鷹蕎麦

葱鮪鍋　ねぎまなべ　三冬

鯨鍋　くじらなべ　くぢらなべ　三冬

鯨汁　くじらじる　くぢらじる　三冬　⇨鯨鍋

狸汁　たぬきじる　三冬

納豆汁　なっとじる　三冬　⇩納豆汁《なっとうじる》〔111頁〕

根深汁　ねぶかじる　三冬

葱《ねぎ》の味噌汁。

4音 **葱汁**《ねぎじる》

きりたんぽ　三冬

6音 **だまつこ鍋**

五平汁　ごへいじる　三冬　⇨きりたんぽ

饂飩鋤　うどんすき　三冬　⇩鋤焼《すきやき》〔52頁〕

桜鍋　さくらなべ　三冬

馬肉を入れた鍋。

牡丹鍋　ぼたんなべ　三冬

猪《いのしし》の肉を入れた鍋。

4音 **猪鍋**《ししなべ》

ふぐと汁　ふぐとじる　三冬　⇩河豚鍋《ふぐなべ》〔52頁〕

関東炊　かんとだき　くわんとだき　三冬　⇩おでん〔27頁〕

おでん鍋　おでんなべ　三冬　⇩おでん〔同右〕

おでん酒　おでんざけ　三冬　⇩おでん〔同右〕

例 おでん酒裏へ廻れば夜の海　山内美代子

焼鳥屋　やきとりや　三冬　⇩焼鳥〔51頁〕

蕪蒸　かぶらむし　三冬

寒造　かんづくり　晩冬

寒〔13頁〕の間に造った酒。

凍豆腐　しみどうふ　晩冬

6音 **高野豆腐**《こうやどうふ》　**氷豆腐**《こおりどうふ》

寒豆腐　かんどうふ　晩冬　⇨凍豆腐

冬構　ふゆがまえ　ふゆがまへ　初冬

住居に防寒防雪の備えを施すこと。

冬囲　ふゆがこい　ふゆがこひ　初冬　⇨冬構

冬籠　ふゆごもり　三冬

寒さや雪を避けて家に籠もること。

例 書きなれて書きよき筆や冬籠　正岡子規

例　金屏の松の古さよ冬籠　芭蕉

冬籠る　ふゆごもる　三冬　⇨冬籠

雪籠　ゆきごもり　三冬　⇨冬籠

冬館　ふゆやかた　三冬

例　冬館なつくことなく亀飼はれ　岸本尚毅

北塞ぐ　きたふさぐ　初冬　⇩北窓塞《きたまどふさ》ぐ〔120頁〕

風囲　かざがこい　かざがこひ　初冬　⇩風除《かざよけ》〔53頁〕

雪囲　ゆきがこい　ゆきがこひ　三冬

家や庭木を雪害から防ぐため竹や藁で囲うこと。

4音　**雪垣《ゆきがき》**　**雪除《ゆきよけ》**

雪構　ゆきがまえ　ゆきがまへ　三冬　⇨雪囲

雪を掻く　ゆきをかく　晩冬　⇩雪掻《ゆきかき》〔53頁〕

ラッセル車　らっせるしゃ　晩冬　⇩除雪車〔53頁〕

雪下ろし　ゆきおろし　晩冬

冬ともし　ふゆともし　三冬　⇩冬《ふゆ》の灯《ひ》〔53頁〕

冬座敷　ふゆざしき　三冬

腰障子　こししょうじ　こししやうじ　三冬　⇩障子《しょうじ》〔27頁〕

白障子　しろしょうじ　しろしやうじ　三冬　⇩障子〔同右〕

例　荒海の音のぶつかる白障子　菊田一平

冬襖　ふゆぶすま　三冬　⇩襖《ふすま》〔27頁〕

襖紙　ふすまがみ　三冬　⇩襖〔同右〕

白襖　しろぶすま　三冬　⇩襖〔同右〕

金屏風　きんびょうぶ　きんびやうぶ　三冬　⇩屏風《びょうぶ》〔28頁〕

銀屏風　ぎんびょうぶ　ぎんびやうぶ　三冬　⇩屏風〔同右〕

腰屏風　こしびょうぶ　こしびやうぶ　三冬　⇩屏風〔同右〕

カーペット　三冬　⇩絨緞《じゅうたん》〔54頁〕

例　一畳の電気カーペットに二人　大野朱香

暖房車　だんぼうしゃ　だんばうしや　三冬　⇩暖房〔54頁〕

炭俵　すみだわら　すみだはら　三冬　⇩炭〔15頁〕

掘炬燵　ほりごたつ　三冬　⇩炬燵《こたつ》〔28頁〕

箱火鉢　はこひばち　三冬　⇩火鉢〔28頁〕

長火鉢　ながひばち　三冬　⇩火鉢〔同右〕

股火鉢　またひばち　三冬　⇩火鉢〔同右〕

例　朝市や女もすなる股火鉢　横沢哲彦

賀状書く　がじょうかく　がじやうかく　仲冬

日記買ふ　にっきかう　につきかふ　仲冬

古日記　ふるにっき　仲冬

例　あれこれと挟みて太る古日記　横沢哲彦

日記果つ　にっきはつ　仲冬　⇨古日記

暦売　こよみうり　仲冬

古暦　ふるごよみ　仲冬

暦果つ　こよみはつ　仲冬　⇨古暦

落葉焚　おちばたき　三冬　⇩焚火〔28頁〕

焚火跡　たきびあと　三冬　⇩焚火〔同右〕

火事見舞い　かじみまい　くわじみまひ　三冬　⇩火事〔15頁〕

消防車　しょうぼうしゃ　せうばうしや　三冬

雪上車　せつじょうしゃ　せつじやうしや　晩冬

7音　**スノーモービル**

凍え死に　こごえじに　晩冬　⇩凍死《とうし》〔29頁〕

冬田打　ふゆたうち　三冬　⇩冬耕《とうこう》〔55頁〕

大根引　だいこひき　初冬　⇩大根引《だいこんひき》〔112頁〕

蓮根掘る　はすねほる　初冬

4音　**蓮《はす》掘《ほ》る**

6音　**蓮根掘《れんこんほ》る**

大根干す　だいこほす　初冬　⇩大根干《だいこんほ》す〔112頁〕

干菜吊る　ほしなつる　初冬　⇩干菜《ほしな》〔29頁〕

寒ごやし　かんごやし　晩冬　⇩寒肥《かんごえ》〔55頁〕

獣狩　けものがり　三冬　⇩狩〔15頁〕

狩の宿　かりのやど　三冬　⇩狩〔同右〕

狩の犬　かりのいぬ　三冬　⇩狩〔同右〕

狸罠　たぬきわな　三冬

狐罠　きつねわな　三冬

例　真つ黒に錆びてゐるのが狐罠　西村麒麟

鼬罠　いたちわな　三冬

捕鯨船　ほげいせん　三冬　⇩捕鯨〔29頁〕

例　涙腺にひつかかりたる捕鯨船　岡田由季

鯨突き　くじらつき　くぢらつき　三冬　⇩捕鯨〔同右〕

勇魚取　いさなとり　三冬　⇩捕鯨〔同右〕

池普請　いけぶしん　三冬

川普請　かわぶしん　かはぶしん　三冬　⇨池普請

注連作　しめづくり　仲冬

4音 **注連綯《しめな》う**

注連作る　しめつくる　仲冬　⇨注連作

避寒宿　ひかんやど　晩冬　⇩避寒〔29頁〕

雪見酒　ゆきみざけ　晩冬　⇩雪見〔29頁〕

雪見船　ゆきみぶね　晩冬　⇩雪見〔同右〕

梅探る　うめさぐる　晩冬　⇩探梅〔56頁〕

青写真　あおじゃしん　あをじやしん　三冬

7音 **日光写真**

雪遊　ゆきあそび　晩冬

4音 **雪投《ゆきなげ》**

雪礫　ゆきつぶて　晩冬　⇨雪遊

雪まろげ　ゆきまろげ　晩冬　⇨雪遊

雪達磨　ゆきだるま　晩冬

例　雪だるま作り大人の声ばかり　海野良子

雪兎　ゆきうさぎ　晩冬

スキー場　すきーじょう　すきーじやう　三冬　⇩スキー〔29頁〕

スキー宿　すきーやど　三冬　⇩スキー〔同右〕

スキーバス　三冬　⇩スキー〔同右〕

スキーウェア　三冬　⇩スキー〔同右〕

スキーヤー　三冬　⇩スキー〔同右〕

スキー帽　すきーぼう　三冬　⇩スキー〔同右〕

スケーター　三冬　⇩スケート〔57頁〕

ラガーマン　三冬　⇩ラグビー〔57頁〕

流行風邪　はやりかぜ　三冬　⇩風邪〔16頁〕

風邪薬　かぜぐすり　三冬　⇩風邪〔同右〕

風邪心地　かぜごこち　三冬　⇩風邪〔同右〕

例　モヂリアニの女の首も風邪心地　細川加賀

風邪の神　かぜのかみ　三冬　⇩風邪〔同右〕

水つ洟　みずっぱな　みづつぱな　三冬　⇩水洟〔57頁〕

息白し　いきしろし　三冬

4音　**白息**《しろいき》

木の葉髪　このはがみ　初冬

例　木の葉髪あはれゲーリークーパーも　京極杞陽

日向ぼこ　ひなたぼこ　三冬

6音　**日向ぼつこ**　**日向ぼこり**

年用意　としようい　仲冬・暮

懐手　ふところで　三冬

歳の市／年の市　としのいち　仲冬・暮

4音　**暮市**《くれいち》

破魔矢売　はまやうり　仲冬・暮　⇨歳の市

5音

暮の市　くれのいち　仲冬・暮　⇨歳の市

飾売　かざりうり　仲冬・暮

4音　**お飾**《かざり》

煤払　すすはらい　すすはらひ　仲冬・暮

4音　**煤掃**《すすはき》

年の煤　としのすす　仲冬・暮　⇨煤払

煤おろし　すすおろし　仲冬・暮　⇨煤払

煤籠　すすごもり　仲冬・暮　⇩煤逃《すすにげ》〔58頁〕

煤払《すすはらい》〔91頁〕を避けて部屋に籠もること。

札納　ふだおさめ　ふだをさめ　仲冬・暮

寺社に、その年のお札《ふだ》を納めること。

冬至風呂　とうじぶろ　仲冬　⇩柚子湯《ゆずゆ》〔30頁〕

冬至粥　とうじがゆ　仲冬

冬至〔20頁〕に赤豆を入れた粥を食べる風習。

社会鍋　しゃかいなべ　しやくわいなべ　仲冬・暮

例　星空へ口を大きく社会鍋　本内彰志

慈善鍋　じぜんなべ　仲冬・暮　⇨社会鍋

年木樵　としぎこり　仲冬・暮

新年に使う薪《まき》を年内に切っておくこと。

節木樵　せちぎこり　仲冬・暮　⇨年木樵

年木積む　としきつむ　仲冬・暮　⇨年木樵

例　阿那多能志《あなたのし》積める年木の軋めくも　谷口智行

餅筵　もちむしろ　仲冬・暮　⇩餅搗《もちつき》〔58頁〕

餅配　もちくばり　仲冬・暮　⇩餅搗〔同右〕

松飾る　まつかざる　仲冬・暮　⇩門松立つ〔113頁〕

注連飾る　しめかざる　仲冬・暮

年忘れ　としわすれ　仲冬・暮

例　天井に届くゴムの木年忘れ　岸本尚毅

4音　**忘年**

6音　**忘年会**

年守る　としまもる　仲冬・暮

大晦日の夜を寝ずに元旦を迎えること。

4音　**年守《としも》る**

晦日蕎麦　みそかそば　仲冬・暮

6音　**年越蕎麦《としこしそば》**

冬休　ふゆやすみ　仲冬

7音　**年末休暇**

寒稽古　かんげいこ　晩冬

4音　**寒声《かんごえ》**

寒見舞　かんみまい　かんみまひ　晩冬

7音　**寒中見舞**

5音　行事

七五三　しちごさん　初冬

8音　**七五三祝《しちごさんいわい》**

9音　**七五三の祝《いわい》**

千歳飴　ちとせあめ　初冬　⇨七五三

開戦日　かいせんび　仲冬

8音 十二月八日

神の旅　かみのたび　初冬

旧暦一〇月に日本中の神が出雲大社（島根県）に集まるためにする旅。

4音 **神立《かみたち》**

神送　かみおくり　初冬　⇨神の旅

旧暦九月三〇日または一〇月一日に出雲大社へと旅立つ神を送り出す行事。

神の留守　かみのるす　初冬

旧暦一〇月、神々が出雲大社に集まるため、諸国の神社に神が不在になること。

恵比須講／夷講　えびすこう　えびすかう　初冬

恵比須神（神無月に出雲に行かない神）を祭る行事。多くは旧暦一〇月二〇日や新暦一〇月二〇日、一一月二〇日。

牡丹焚く　ぼたんたく　初冬　⇩牡丹焚火《ぼたんたきび》〔113頁〕

酉の市　とりのいち　初冬

一一月の酉の日に行われる鷲《おおとり》（大鳥）神社の祭礼。日付の順に一の酉（初酉）、二の酉と呼ばれ、年によっては三の酉まである。

3音 **熊手**

4音 **初酉《はつとり》**　**二《に》の酉《とり》**

お酉さま　おとりさま　初冬　⇨酉の市

一の酉　いちのとり　初冬　⇨酉の市

三の酉　さんのとり　初冬　⇨酉の市

熊手市　くまでいち　初冬　⇨酉の市

神遊　かみあそび　仲冬　⇩神楽《かぐら》〔30頁〕

十夜粥　じゅうやがゆ　じふやがゆ　初冬　⇩十夜《じゅうや》〔30頁〕

例 十夜粥ほうほうと吹きよよと吸ひ　八田木枯

里神楽　さとかぐら　仲冬

宮中の神楽〔30頁〕とは別の民間の神楽。

4音 **夜神楽《よかぐら》**

鉢叩　はちたたき　初冬

旧暦一一月一三日の空也忌〔60頁〕から大晦日まで、京都洛中洛外で鉦を鳴らしながら念仏と和讃を唱えて歩いたこと。

6音　**空也《くうや》和讃《わさん》**

7音　**空也念仏**

親鸞忌　しんらんき　仲冬　⇩報恩講《ほうおんこう》〔113頁〕

臘八会　ろうはちえ　らふはちゑ　仲冬

臘月（旧暦一二月）八日の法会。雪山で苦行していた釈迦がこの日、悟りを開いて下山したという。

4音　**臘八《ろうはち》**

冬安居　ふゆあんご　仲冬

禅宗などの寺で冬に行われる修行。

雪安居　ゆきあんご　仲冬　⇨冬安居

除夜の鐘　じょやのかね　ぢよやのかね　仲冬・暮

例　故人みな齢《よわい》とどまり除夜の鐘　三橋敏雄

除夜詣　じょやもうで　ぢよやまうで　仲冬・暮　⇩年越詣《としこしもうで》〔122頁〕

年詣　としもうで　としまうで　仲冬・暮　⇩年越詣〔同右〕

年籠　としごもり　仲冬・暮

大晦日の夜から元旦にかけて寺社に参籠すること。

年参　としまいり　としまゐり　仲冬・暮　⇨年籠

寒参　かんまいり　かんまゐり　晩冬

寒〔13頁〕の三〇日間、毎夜、寺社に詣でる願掛けの行《ぎょう》。

6音　**裸参《はだかまいり》**

寒詣　かんもうで　かんまうで　晩冬　⇨寒参

寒念仏　かんねぶつ　晩冬

寒〔13頁〕の間、僧侶が念仏を唱えて歩く修行。

6音　**寒念仏《かんねんぶつ》**

鬼やらひ　おにやらい　おにやらひ　晩冬　⇩追儺《ついな》〔30頁〕

年男　としおとこ　としをとこ　晩冬　⇩追儺〔同右〕

鬼の豆　おにのまめ　晩冬　⇩豆撒《まめまき》〔59頁〕
年の豆　としのまめ　晩冬　⇩豆撒〔同右〕
鬼は外　おにはそと　晩冬　⇩豆撒〔同右〕
福は内　ふくはうち　晩冬　⇩豆撒〔同右〕
豆を撒く　まめをまく　晩冬　⇩豆撒〔同右〕

クリスマス　仲冬
例　銭湯に煙突のあるクリスマス　大野泰雄
例　東京をあるいてメリークリスマス　今井杏太郎
3音　**聖夜《せいや》　聖樹《せいじゅ》**
6音　**降誕祭《こうたんさい》　聖誕祭《せいたんさい》**
7音　**クリスマスイヴ　サンタクロース**
8音　**クリスマスツリー　クリスマスケーキ　クリスマスカード　クリスマスキャロル**
10音　**クリスマスプレゼント**

聖夜劇　せいやげき　仲冬　⇨クリスマス

一葉忌　いちようき　いちえふき　初冬
一一月二三日。小説家、樋口一葉（一八七二〜九六）の忌日。

憂国忌　ゆうこくき　いうこくき　初冬　⇩三島忌〔59頁〕

閒石忌　かんせきき　初冬
一一月二六日。俳人、橋閒石（一九〇三〜九二）の忌日。

漱石忌　そうせきき　仲冬
一二月九日。小説家、夏目漱石（一八六七〜一九一六）の忌日。
例　硝子戸の中の句会や漱石忌　瀧井孝作

青邨忌　せいそんき　仲冬
一二月一五日。俳人、山口青邨（一八九二〜一九八八）の忌日。

石鼎忌　せきていき　仲冬
一二月二〇日。俳人、原石鼎（一八八六〜一九五一）の忌日。

万両忌　まんりょうき　まんりやうき　仲冬　⇩青畝忌《せいほき》〔59頁〕

熊楠忌　くまぐすき　仲冬

一二月二九日。生物学者・民俗学者、南方熊楠（一八六七～一九四一）の忌日。

横光忌　よこみつき　仲冬

一二月三〇日。小説家、横光利一（一八九八～一九四七）の忌日。

4音 **利一忌**《りいちき》

寅彦忌／寅日子忌　とらひこき　仲冬

一二月三一日。物理学者・随筆家、寺田寅彦（一八七八～一九三五）の忌日。

冬彦忌　ふゆひこき　仲冬　⇨寅彦忌

窓秋忌　そうしゅうき　さうしうき　仲冬

一月一日。俳人、高屋窓秋（一九一〇～九九）の忌日。

鬼房忌　おにふさき　晩冬

一月一九日。俳人、佐藤鬼房（一九一九～二〇〇二）の忌日。

寒雷忌　かんらいき　晩冬　⇩乙字忌《おつじき》〔60頁〕

草城忌　そうじょうき　さうじやうき　晩冬

一月二九日。俳人、日野草城（一九〇一～五六）の忌日。

凍鶴忌　いてづるき　晩冬　⇨草城忌

銀忌　しろがねき　晩冬　⇨草城忌

鶴唳忌　かくれいき　晩冬　⇨草城忌

寒明忌　かんあけき　晩冬　⇩碧梧桐忌《へきごとうき》〔114頁〕

宗鑑忌　そうかんき　初冬

旧暦一〇月二日。連歌師、山崎宗鑑（一四六五?～一五五四）の忌日。

少林忌　しょうりんき　せうりんき　初冬　⇩達磨忌《だるまき》〔60頁〕

桃青忌　とうせいき　たうせいき　初冬　⇩芭蕉忌〔60頁〕

嵐雪忌　らんせつき　初冬

旧暦一〇月一三日。俳諧師、服部嵐雪（一六五四～一七〇七）の忌日。

7音 **雪中庵忌**《せっちゅうあんき》

晋明忌 しんめいき 初冬 ⇩几董忌《きとうき》〔60頁〕

近松忌 ちかまつき 仲冬

旧暦一一月二二日。浄瑠璃・歌舞伎作者、近松門左衛門（一六五三〜一七二五）の忌日。

6音 **巣林子忌**《そうりんしき》

巣林忌 そうりんき さうりんき 仲冬 ⇨近松忌

春星忌 しゅんせいき 晩冬 ⇩蕪村忌〔61頁〕

5音 動物

まみ狸 まみだぬき 三冬 ⇩貛《あなぐま》〔61頁〕

冬の鹿 ふゆのしか 三冬

寒狐 かんぎつね 三冬 ⇩狐〔31頁〕

赤狐 あかぎつね 三冬 ⇩狐〔同右〕

黒狐 くろぎつね 三冬 ⇩狐〔同右〕

銀狐 ぎんぎつね 三冬 ⇩狐〔同右〕

白狐 しろぎつね 三冬 ⇩狐〔同右〕

北狐 きたきつね 三冬 ⇩狐〔同右〕

狐塚 きつねづか 三冬 ⇩狐〔同右〕

蝦夷鼬 えぞいたち 三冬 ⇩鼬《いたち》〔31頁〕

飼兎 かいうさぎ かひうさぎ 三冬 ⇩兎〔31頁〕

黒兎 くろうさぎ 三冬 ⇩兎〔同右〕

雪兎 ゆきうさぎ 三冬 ⇩兎〔同右〕

竈猫 かまどねこ 三冬

火の落ちた竈に入って寒さをしのぐ猫。

4音 **灰猫**《はいねこ》

6音 **へっつひ猫**

かじけ猫 かじけねこ 三冬 ⇨竈猫

炬燵猫 こたつねこ 三冬 ⇨竈猫

初鯨 はつくじら はつくぢら 三冬 ⇩鯨〔31頁〕

背美鯨 せみくじら せみくぢら 三冬 ⇩鯨〔同右〕

蒼鷹 もろがえり もろがへり 三冬 ⇩鷹〔16頁〕

尾白鷲 おじろわし をじろわし 三冬 ⇩鷲〔17頁〕

寒苦鳥　かんくちょう　かんくてう　三冬
インドの雪山に棲むとされる想像上の鳥。
7音 ▷ **雪山《せつざん》の鳥《とり》**
寒苦鳥　かんくどり　三冬　⇨寒苦鳥
冬の鳥　ふゆのとり　三冬
4音 ▷ **冬鳥《ふゆどり》　寒禽《かんきん》**
かじけ鳥　かじけどり　三冬　⇨冬の鳥
冬の雁　ふゆのかり　三冬
4音 ▷ **寒雁《かんがん》**
冬の鷺　ふゆのさぎ　三冬　⇩冬鷺〔62頁〕
残り鷺　のこりさぎ　三冬　⇩冬鷺〔同右〕
冬の鵙　ふゆのもず　三冬
4音 ▷ **冬鵙**
寒の鵙　かんのもず　三冬　⇨冬の鵙
笹子鳴く　ささごなく　三冬　⇩笹鳴《ささなき》〔62頁〕
冬雲雀　ふゆひばり　三冬
例　冬雲雀家のかたちに紐張れば　興梠隆
寒雲雀　かんひばり　三冬　⇨冬雲雀
寒雀　かんすずめ　晩冬
6音 ▷ **凍雀《こごえすずめ》　ふくら雀**
冬雀　ふゆすずめ　晩冬　⇨寒雀
寒鴉／寒烏　かんがらす　晩冬
3音 ▷ **寒鴉《かんあ》**
冬鴉　ふゆがらす　晩冬　⇨寒鴉
虎斑木菟　とらふずく　とらふづく　三冬　⇩木菟《みみずく》〔62頁〕
鷦鷯／三十三才　みそさざい　三冬
焦げ茶色で全長約一〇センチ。尾が短い。渓流近くの藪や林などに棲息。
冑蝶　かぶとちょう　かぶとてふ　三冬　⇨鷦鷯
巧婦鳥　たくみどり　三冬　⇨鷦鷯
浮寝鳥　うきねどり　三冬　⇩水鳥《みずどり》〔63頁〕
例　つぎはぎの水を台《うてな》に浮寝鳥　斎藤玄

巴鴨　ともえがも　ともゑがも　三冬　⇩鴨〔17頁〕
尾長鴨　おながが も　をながが も　三冬　⇩鴨〔同右〕
星羽白　ほしはじろ　三冬　⇩鴨〔同右〕
鴨の声　かものこえ　かものこゑ　三冬　⇩鴨〔同右〕
鴨の陣　かものじん　かものぢん　三冬　⇩鴨〔同右〕
番鴛鴦　つがいおし　つがひをし　三冬　⇩鴛鴦《おしどり》〔63頁〕
離れ鴛鴦　はなれおし　はなれをし　三冬　⇩鴛鴦〔同右〕
鴛鴦の沓　おしのくつ　をしのくつ　三冬　⇩鴛鴦〔同右〕
鴛鴦の妻　おしのつま　をしのつま　三冬　⇩鴛鴦〔同右〕
磯千鳥　いそちどり　三冬　⇩千鳥《ちどり》〔32頁〕
磯鳴鳥　いそなどり　三冬　⇩千鳥〔同右〕
白千鳥　しろちどり　三冬　⇩千鳥〔同右〕
浜千鳥　はまちどり　三冬　⇩千鳥〔同右〕
島千鳥　しまちどり　三冬　⇩千鳥〔同右〕
浦千鳥　うらちどり　三冬　⇩千鳥〔同右〕
川千鳥　かわちどり　かはちどり　三冬　⇩千鳥〔同右〕

群千鳥　むれちどり　三冬　⇩千鳥〔同右〕
友千鳥　ともちどり　三冬　⇩千鳥〔同右〕
夕千鳥　ゆうちどり　ゆふちどり　三冬　⇩千鳥〔同右〕
小夜千鳥　さよちどり　三冬　⇩千鳥〔同右〕
鳰／鸊鷉　かいつぶり　三冬
カイツブリ科の水鳥。黒褐色で尾羽、嘴《くちばし》が短い。
2音 **鳰／鸊鷉《にお》**
3音 **むぐり　いよめ　鸊鷉《へきてい》**
4音 **にほどり**
7音 **耳《みみ》かいつぶり**
8音 **羽白鳰《はじろかいつぶり》**
9音 **赤襟鳰《あかえりかいつぶり》**
かいつむり　三冬　⇨鳰
都鳥　みやこどり　三冬
カモメ科の鳥。冬は白く、嘴《くちばし》が赤い。
百合鷗　ゆりかもめ　三冬　⇨都鳥

冬鷗　ふゆかもめ　三冬

6音 **冬の鷗**

姉羽鶴　あねはづる　三冬　⇩鶴〔17頁〕

霜の鶴　しものつる　三冬　⇩凍鶴《いてづる》〔64頁〕

はぐれ鷹　はぐれだか　三冬　⇩落鷹《おちたか》〔64頁〕

海雀　うみすずめ　三冬

ウミスズメ科の渡り鳥の総称。体長約二五センチで、上部が灰黒色、下部が白。

3音 **善知鳥**《うとう》

撞木鮫　しゅもくざめ　三冬　⇩鮫〔17頁〕

方頭魚／金頭　かながしら　三冬

ホウボウ科の海水魚。頭部が硬いのでこの名。

3音 **火魚**《ひうお》

黒鮪　くろまぐろ　三冬　⇩鮪《まぐろ》〔32頁〕

本鮪　ほんまぐろ　三冬　⇩鮪〔同右〕

鮪釣　まぐろつり　三冬　⇩鮪〔同右〕

鮪船　まぐろせん　三冬　⇩鮪〔同右〕

鮪網　まぐろあみ　三冬　⇩鮪〔同右〕

かぢき釣　かじきつり　かぢきつり　三冬　⇩旗魚《かじき》〔32頁〕

鯧／真魚鰹　まながつお　まながつを　三冬

2音 **まな**

4音 **まながた**

子持鱈　こもちだら　三冬　⇩鱈《たら》〔18頁〕

明太魚　めんたいぎょ　三冬　⇩助宗鱈《すけそうだら》〔116頁〕

寒鰈　かんがれい　かんがれひ　仲冬　⇩霜月鰈《しもつきがれい》〔123頁〕

冬の鯛　ふゆのたい　ふゆのたひ　晩冬　⇩寒鯛《かんだい》〔65頁〕

興津鯛　おきつだい　おきつだひ　三冬　⇩甘鯛《あまだい》〔65頁〕

金目鯛　きんめだい　きんめだひ　三冬

錦鯛　にしきだい　にしきだひ　三冬　⇨金目鯛

金線魚　きんせんぎょ　三冬　⇩金糸魚《いとより》〔65頁〕

鍋破　なべこわし　なべこはし　三冬

カジカ科の海水魚。体長三〇センチ以上。

日出鰡　ひのでぼら　三冬　⇩寒鰡《かんぼら》〔66頁〕

落鱸　おちすずき　初冬

海の深い場所で越冬している鱸。

4音 **腹太《はらふと》**

7音 **太腹鱸《ふとはらすずき》**

霰魚　あられうお　あられうを　三冬　⇩杜父魚《かくぶつ》〔66頁〕

あられがこ　三冬　⇩杜父魚〔同右〕

九頭竜川（福井県）の杜父魚《かくぶつ》の呼び名。

沖鱸　おきすずき　三冬　⇩𩺊《あら》〔18頁〕

乾氷下魚　ほしこまい　三冬　⇩氷下魚《こまい》〔33頁〕

氷下魚汁　こまいじる　三冬　⇩氷下魚〔同右〕

氷下魚釣　こまいつり　三冬　⇩氷下魚〔同右〕

寒鮃　かんびらめ　三冬　⇩鮃《ひらめ》〔33頁〕

赤目河豚　あかめふぐ　三冬　⇩河豚《ふぐ》〔18頁〕

海雀　うみすずめ　三冬　⇩河豚〔同右〕

河豚《ふぐ》の別名。

5音

河豚の毒　ふぐのどく　三冬　⇩河豚〔同右〕

河豚中り　ふぐあたり　三冬　⇩河豚〔同右〕

通し鮎　とおしあゆ　とほしあゆ　三冬

通常の一年以内で死ぬ鮎とは違い、冬を越す鮎。

止り鮎　とまりあゆ　三冬　⇨通し鮎

魦舟　いさざぶね　三冬　⇩魦《いさざ》〔34頁〕

魦網　いさざあみ　三冬　⇩魦〔同右〕

魦漁　いさざりょう　いさざれふ　三冬　⇩魦〔同右〕

魦魞　いさざえり　三冬　⇩魦〔同右〕

魦を獲るための魞（網に誘い込む漁具）。

寒八目　かんやつめ　晩冬　⇩八目鰻《やつめうなぎ》〔116頁〕

砂八目　すなやつめ　晩冬　⇩八目鰻〔同右〕

川八目　かわやつめ　かはやつめ　晩冬　⇩八目鰻〔同右〕

鱈場蟹／多羅波蟹　たらばがに　三冬

ずわい蟹　ずわいがに　三冬

6音 **越前蟹《えちぜんがに》**　**こうばく蟹**

せいこ蟹　せいこがに　三冬　⇨ずわい蟹

松葉蟹　まつばがに　三冬　⇨ずわい蟹

赤海鼠　あかなまこ　三冬　⇩海鼠《なまこ》〔34頁〕

黒海鼠　くろなまこ　三冬　⇩海鼠〔同右〕

海鼠竈　なまこがま　三冬　⇩海鼠〔同右〕

海鼠突　なまこつき　三冬　⇩海鼠〔同右〕

海鼠売　なまこうり　三冬　⇩海鼠〔同右〕

海鼠舟　なまこぶね　三冬　⇩海鼠〔同右〕

板甫牡蠣　いたぼがき　三冬　⇩牡蠣《かき》〔18頁〕

寒蜆　かんしじみ　晩冬

4音　**真蜆《ましじみ》**

平貝　たいらがい　たひらがひ　三冬　⇩玉珧《たいらぎ》〔67頁〕

烏帽子貝　えぼしがい　えぼしがひ　三冬　⇩玉珧〔同右〕

冬の蝶　ふゆのちょう　ふゆのてふ　三冬

例　青年のあばらを出でて冬の蝶　三橋鷹女

4音　**冬蝶《ふゆちょう》**

6音　**越年蝶《えつねんちょう》**

冬の蜂　ふゆのはち　三冬

4音　**冬蜂《ふゆばち》**　**凍蜂《いてばち》**

例　冬の蜂おさへ掃きたる箒かな　高野素十

冬の蠅　ふゆのはえ　ふゆのはへ　三冬

4音　**冬蠅《ふゆばえ》**　**凍蠅《いてばえ》**　**寒蠅《かんばえ》**

例　一二三匹ゐて親しさや冬の蠅　高浜虚子

冬の虻　ふゆのあぶ　三冬

4音　**凍虻《いてあぶ》**

雪蛍　ゆきぼたる　初冬　⇩綿虫《わたむし》〔67頁〕

雪婆　ゆきばんば　初冬　⇩綿虫〔同右〕

白粉婆　しろこばば　初冬　⇩綿虫〔同右〕

冬の虫　ふゆのむし　三冬

秋に鳴いていた虫で、冬も生きながらえているもの。

4音　**虫老《むしお》ゆ**　**虫嗄《むしか》る**　**虫絶《むした》ゆ**

冬蝗　ふゆいなご　三冬　⇩冬の蝗〔116頁〕

冬の蚤　ふゆののみ　三冬

5音　植物

冬の梅　ふゆのうめ　晩冬

［4音］**寒梅《かんばい》**

［6音］**寒紅梅《かんこうばい》**

冬至梅　とうじばい　仲冬

冬至〔20頁〕の頃に咲く梅。

冬至梅　とうじうめ　仲冬　⇨冬至梅

梅早し　うめはやし　晩冬　⇩早梅《そうばい》〔68頁〕

帰り花／返り花　かえりばな　かへりばな　初冬

春に咲くはずの植物が小春日などに季節外れの花を咲かせること。

［4音］**二度咲き**

帰り咲き　かえりざき　かへりざき　初冬　⇨帰り花

忘れ花　わすればな　初冬　⇨帰り花

忘れ咲き　わすれざき　初冬　⇨帰り花

室の花　むろのはな　三冬　⇩室咲《むろざ》き〔68頁〕

［7音］**室咲きの梅**

室の梅　むろのうめ　三冬　⇩室咲き〔同右〕

寒桜　かんざくら　三冬

春を待たず寒〔13頁〕の時期に咲く桜。

［6音］**緋寒桜《ひかんざくら》**　**寒緋桜《かんひざくら》**

［7音］**十月桜《じゅうがつざくら》**

冬桜　ふゆざくら　三冬　⇨寒桜

枯桜　かれざくら　三冬　⇩冬木の桜〔123頁〕

冬薔薇　ふゆそうび　ふゆさうび　三冬

［4音］**冬薔薇《ふゆばら》**　**寒薔薇《かんばら》**

冬の薔薇　ふゆのばら　三冬　⇨冬薔薇

例　冬の薔薇牛乳よりも静かなる　遠藤由樹子

寒牡丹　かんぼたん　三冬

冬牡丹　ふゆぼたん　三冬　⇨寒牡丹

寒椿　かんつばき　晩冬

春を待たずに冬に咲く早咲きの椿。

8音 **早咲きの椿**

冬椿　ふゆつばき　晩冬　⇨寒椿

花八手　はなやつで　初冬　⇩八手《やつで》の花〔117頁〕

例 坂下といふはこの位置花八手　後藤比奈夫

青木の実　あおきのみ　あをきのみ　三冬

アオキ科の常緑低木。実は赤く艶がある。

7音 **桃葉珊瑚《とうようさんご》**

紅蜜柑　べにみかん　三冬　⇩蜜柑《みかん》〔35頁〕

蜜柑山　みかんやま　三冬　⇩蜜柑〔同右〕

例 帰郷して蜜柑山でもやりたまへ　藤後左右

晩白柚　ばんぺいゆ　晩冬　⇩朱欒《ざぼん》〔35頁〕

冬林檎　ふゆりんご　三冬

例 誰も来ずや仰臥あそばす冬林檎　藤田湘子

寒林檎　かんりんご　三冬　⇨冬林檎

冬の梨　ふゆのなし　三冬　⇩晩三吉《おくさんきち》〔117頁〕

枇杷の花　びわのはな　びはのはな　初冬

バラ科の常緑高木。黄白色で五弁の小花が群がって咲く。見た目には目立たず、香りが高い。

例 あたたかな夜風が顔に枇杷の花　岸本尚毅

例 枇杷の花らしからぬこの純白は　夏井いつき

4音 **花枇杷《はなびわ》　枇杷咲く**

冬紅葉　ふゆもみじ　ふゆもみぢ　初冬

例 金網にボールがはまり冬紅葉　川崎展宏

6音 **残《のこ》る紅葉《もみじ》**

紅葉散る　もみじちる　もみぢちる　初冬

散紅葉　ちりもみじ　ちりもみぢ　初冬　⇨紅葉散る

木の葉散る　このはちる　三冬　⇩木の葉〔35頁〕

木の葉雨　このはあめ　三冬　⇩木の葉〔同右〕

木の葉焼く　このはやく　三冬　⇩木の葉〔同右〕

落葉時　おちばどき　三冬　⇩落葉《おちば》〔35頁〕

落葉期　らくようき　らくえふき　三冬　⇩落葉〔同右〕

落葉風　おちばかぜ　三冬　⇩落葉〔同右〕

落葉山　おちばやま　三冬　⇩落葉〔同右〕

落葉掃く　おちばはく　三冬　⇩落葉〔同右〕

落葉掻　おちばかき　三冬　⇩落葉〔同右〕

落葉籠　おちばかご　三冬　⇩落葉〔同右〕

落葉焚く　おちばたく　三冬　⇩落葉〔同右〕

落葉焼く　おちばやく　三冬　⇩落葉〔同右〕

柿落葉　かきおちば　初冬

朴落葉　ほおおちば　ほほおちば　初冬

4音　**朴散る**《ほおち》

冬木立　ふゆこだち　三冬　⇩冬木《ふゆき》〔35頁〕

例　大佛の胸あらはなり冬木立　寺田寅彦

冬木道　ふゆきみち　三冬　⇩冬木〔同右〕

冬柏　ふゆかしわ　ふゆかしは　三冬

7音　**柏の枯葉**

5音

枯柏　かれかしわ　かれかしは　三冬　⇨冬柏

名の木枯る　なのきかる　三冬

欅《けやき》や銀杏《いちよう》など一般に名の知られた木が葉を落とし、枯れ木になること。

銀杏枯る　いちょうかる　いちやうかる　三冬　⇨名の木枯る

葡萄枯る　ぶどうかる　ぶだうかる　三冬　⇨名の木枯る

櫟枯る　くぬぎかる　三冬　⇨名の木枯る

欅枯る　けやきかる　三冬　⇨名の木枯る

榎枯る　えのきかる　三冬　⇨名の木枯る

桜枯る　さくらかる　三冬　⇨名の木枯る

枯木立　かれこだち　三冬　⇩枯木《かれき》〔35頁〕

枯木道　かれきみち　三冬　⇩枯木〔同右〕

枯木山　かれきやま　三冬　⇩枯木〔同右〕

例　どの音も我に轟く枯木山　藤井あかり

大枯木　おおかれき　おほかれき　三冬　⇩枯木〔同右〕

枯柳　かれやなぎ　三冬

7音 枯れ立つ柳

冬柳　ふゆやなぎ　三冬　⇨枯柳

柳枯る　やなぎかる　三冬　⇨枯柳

冬木の芽　ふゆきのめ　三冬　⇩冬芽《ふゆめ》〔36頁〕

冬苺　ふゆいちご　三冬

寒苺　かんいちご　三冬　⇨冬苺

水仙花　すいせんか　すいせんくわ　晩冬　⇩水仙〔70頁〕

雪中花　せっちゅうか　せつちゆうくわ　晩冬　⇩水仙〔同右〕

野水仙　のずいせん　晩冬　⇩水仙〔同右〕

花アロエ　はなあろえ　三冬　⇩アロエの花〔118頁〕

草珊瑚　くささんご　三冬　⇩千両〔70頁〕

実千両　みせんりょう　みせんりやう　三冬　⇩千両〔同右〕

実万両　みまんりょう　みまんりやう　三冬　⇩万両〔70頁〕

枯芭蕉　かればしょう　かればせう　三冬

芭蕉枯る　ばしょうかる　ばせうかる　三冬　⇨枯芭蕉

枯蓮　かれはちす　三冬　⇩枯蓮《かれはす》〔70頁〕

蓮枯る　はちすかる　三冬　⇩枯蓮〔同右〕

蓮の骨　はすのほね　三冬　⇩枯蓮〔同右〕

広島菜　ひろしまな　三冬　⇩冬菜《ふゆな》〔36頁〕

冬菜畑　ふゆなばた　三冬　⇩冬菜〔同右〕

冬菜飯　ふゆなめし　三冬　⇩冬菜〔同右〕

姫キャベツ　ひめきゃべつ　三冬　⇩芽キャベツ〔71頁〕

ブロッコリ　三冬　⇩ブロッコリー〔118頁〕

花野菜　はなやさい　晩冬　⇩カリフラワー〔118頁〕

花キャベツ　はなきゃべつ　晩冬　⇩カリフラワー〔同右〕

千住葱　せんじゅねぎ　晩冬　⇩葱《ねぎ》〔19頁〕

深谷葱　ふかやねぎ　晩冬　⇩葱〔同右〕

九条葱　くじょうねぎ　くでうねぎ　晩冬　⇩葱〔同右〕

葱洗ふ　ねぎあらう　ねぎあらふ　晩冬　⇩葱〔同右〕

葱畑　ねぎばたけ　晩冬　⇩葱〔同右〕

大根畑　だいこばた　三冬　⇩大根〔71頁〕

据り蕪　すわりかぶ　三冬　⇩蕪《かぶ》〔19頁〕

蕪洗ふ　かぶあらう　かぶあらふ　三冬　⇩蕪〔同右〕

蕪畑　かぶらばた　三冬　⇩蕪〔同右〕

冬の草　ふゆのくさ　三冬　⇩冬草《ふゆくさ》〔72頁〕

名草枯る　なぐさかる　三冬　⇩名《な》の草枯《くさか》る〔118頁〕

薊枯る　あざみかる　三冬　⇩名の草枯る〔同右〕

葛枯る　かずらかる　かづらかる　三冬　⇩名の草枯る〔同右〕

水草枯る　みぐさかる　三冬　⇩名の草枯る〔同右〕

枯芒　かれすすき　三冬

枯尾花　かれおばな　かれをばな　三冬　⇨枯芒

芒枯る　すすきかる　三冬　⇨枯芒

尾花枯る　おばなかる　をばなかる　三冬　⇨枯芒

冬芒　ふゆすすき　三冬　⇨枯芒

枯葎　かれむぐら　三冬

藪柑子　やぶこうじ　やぶかうじ　三冬

4音　**あかだま**

サクラソウ科の常緑小低木。冬に実が赤く熟れる。

6音　**山橘《やまたちばな》　藪橘《やぶたちばな》**

猪不食　ししくわず　ししくはず　三冬　⇨藪柑子

平地木　へいちぼく　三冬　⇨藪柑子

蔓柑子　つるこうじ　つるかうじ　三冬　⇨藪柑子

石蕗の花　つわのはな　つはのはな　初冬

キク科の常緑多年草。長い花茎の先に黄色い花を咲かせる。

7音　**石蕗《いしぶき》の花　石蕗《つわぶき》の花**

冬菫　ふゆすみれ　晩冬

寒菫　かんすみれ　晩冬　⇨冬菫

竜の玉　りゅうのたま　りうのたま　三冬

6音　**蛇《じゃ》の髯《ひげ》の実《み》**

7音　**竜《りゅう》の髯《ひげ》の実《み》**

榎茸　えのきだけ　初冬

6音の季語

6音　時候

冬将軍　ふゆしょうぐん　ふゆしやうぐん　三冬　⇩冬〔12頁〕

冬の初め　ふゆのはじめ　初冬　⇩初冬《はつふゆ》〔37頁〕

神去月　かみさりづき　初冬　⇩神無月〔73頁〕

神在月　かみありづき　初冬　⇩神無月〔同右〕

初霜月　はつしもづき　初冬　⇩神無月〔同右〕

十一月　じゅういちがつ　じふいちぐわつ　初冬

例　ベッド組み立てて十一月の雨　皆吉司

例　峠見ゆ十一月のむなしさに　細見綾子

小春日和　こはるびより　初冬　⇩小春〔20頁〕

例　玉の如き小春日和を授かりし　松本たかし

冬暖か　ふゆあたたか　三冬

4音　冬暖《とうだん》

5音　冬ぬくし

霜降月　しもふりづき　仲冬　⇩霜月〔38頁〕

雪待月　ゆきまちづき　仲冬　⇩霜月〔同右〕

茘挺出づ　れいていいづ　仲冬

七十二候（中国）で一二月一七日頃から約五日間。茘挺は大韮《おおにら》のこと。

春待月　はるまちづき　仲冬　晩冬・暮　⇩師走《しわす》〔20頁〕

梅初月　うめはつづき　仲冬　晩冬・暮　⇩師走〔同右〕

年の終り　としのおわり　としのをはり　仲冬・暮　⇩年の暮〔74頁〕

年の別れ　としのわかれ　仲冬・暮　⇩年の暮〔同右〕

年の限り　としのかぎり　仲冬・暮　⇩年の暮〔同右〕

年の湊　としのみなと　仲冬・暮　⇩年の暮〔同右〕

年の名残　としのなごり　仲冬・暮　⇩年の暮〔同右〕

年の急ぎ　としのいそぎ　仲冬・暮　⇩年の暮〔同右〕

暮れ行く年　くれゆくとし　仲冬・暮　⇩行く年〔39頁〕

流るる年　ながるるとし　仲冬・暮　⇩行く年〔同右〕

節季仕舞　せっきじまい　せつきじまひ　晩冬・暮　⇩節季〔20頁〕

大つごもり　おおつごもり　おほつごもり　仲冬・暮　⇩大《おお》晦日《みそか》〔74頁〕

大年越　おおとしこし　おほとしこし　仲冬・暮　⇩年越〔39頁〕

冬暁　ふゆあかつき　三冬　⇩冬の朝〔75頁〕

冬曙　ふゆあけぼの　三冬　⇩冬の朝〔同右〕

暮れやすき日　くれやすきひ　三冬　⇩冬の日〔40頁〕

冬の夕べ　ふゆのゆうべ　ふゆのゆふべ　三冬　⇩冬の暮〔75頁〕

冬一番　ふゆいちばん　晩冬　⇩寒波〔21頁〕

冬たけなは　ふゆたけなわ　ふゆたけなは　晩冬　⇩冬深し〔76頁〕

四温日和　しおんびより　しをんびより　晩冬　⇩三寒四《さんかんし》温《おん》〔119頁〕

春を急ぐ　はるをいそぐ　晩冬　⇩春近し〔76頁〕

冬の名残　ふゆのなごり　晩冬　⇩冬終る〔77頁〕

冬の限り　ふゆのかぎり　晩冬　⇩冬終る〔同右〕

冬の別れ　ふゆのわかれ　晩冬　⇩冬終る〔同右〕

6音　天文

冬青空　ふゆあおぞら　ふゆあをぞら　三冬　⇩冬の空〔77頁〕

蝶々雲　ちょうちょうぐも　てふてふぐも　三冬　⇩冬の雲〔77頁〕

冬満月　ふゆまんげつ　三冬　⇩冬の月〔78頁〕

冬三日月　ふゆみかづき　晩冬

寒三日月　かんみかづき　晩冬　⇨冬三日月

羽子板星　はごいたぼし　三冬　⇩すばる〔22頁〕

寒オリオン　かんおりおん　三冬　⇩オリオン〔43頁〕

唐鋤星　からすきぼし　三冬　⇩オリオン〔同右〕

酒桝星　さかますぼし　三冬　⇩オリオン〔同右〕

御講日和　おこうびより　おかうびより　仲冬　⇩御《お》講凪《こうなぎ》〔78頁〕

神立風　かみたつかぜ　初冬　⇩神渡《かみわたし》〔78頁〕

ひま洩る風　ひまもるかぜ　三冬　⇩隙間風〔78頁〕

時雨心地　しぐれごこち　初冬　⇩時雨《しぐれ》〔22頁〕

寒九の雨　かんくのあめ　晩冬　⇩寒の雨〔79頁〕

氷あられ　こおりあられ　こほりあられ　三冬　⇩霰《あられ》〔22頁〕

雪後の天　せつごのてん　晩冬　⇩雪晴《ゆきばれ》〔46頁〕

冬雷　ふゆかみなり　三冬　⇩冬《ふゆ》の雷《らい》〔81頁〕

雪雷　ゆきがみなり　三冬　⇩雪起《ゆきおこ》し〔81頁〕

冬の霞　ふゆのかすみ　三冬　⇩冬霞〔81頁〕

冬夕焼　ふゆゆうやけ　ふゆゆふやけ　三冬　⇩冬の夕焼〔120頁〕

寒夕焼　かんゆうやけ　かんゆふやけ　三冬　⇩冬の夕焼〔同右〕

名残の空　なごりのそら　仲冬・暮

去りゆく年を惜しみながら眺める大晦日の空。

5音　**年の空**

6音　地理

冬山肌　ふゆやまはだ　三冬　⇩冬の山〔82頁〕

冬の泉　ふゆのいずみ　ふゆのいづみ　三冬

4音　**冬泉《とうせん》**　**寒泉《かんせん》**

5音　**冬泉《ふゆいずみ》**

寒九の水　かんくのみず　かんくのみづ　晩冬　⇩寒の水〔83頁〕

冬の岬　ふゆのみさき　三冬　⇩冬の海〔83頁〕

冬の渚　ふゆのなぎさ　三冬　⇩冬の浜〔83頁〕

氷の声　こおりのこえ　こほりのこゑ　晩冬　⇩氷〔24頁〕

氷の花　こおりのはな　こほりのはな　晩冬　⇩氷〔同右〕

氷結ぶ　こおりむすぶ　こほりむすぶ　晩冬　⇩氷〔同右〕

氷の橋　こおりのはし　こほりのはし　晩冬　⇩氷橋《こおりばし》〔84頁〕

6音 生活

袷羽織 あわせばおり　あはせばおり　三冬　⇩冬羽織〔84頁〕

電気毛布 でんきもうふ　三冬　⇩毛布〔26頁〕

革ジャンパー かわじゃんぱー　かはじゃんぱー　三冬　⇩ジャンパー〔50頁〕

革手袋 かわてぶくろ　かはてぶくろ　三冬　⇩手袋〔50頁〕

壺焼芋 つぼやきいも　三冬　⇩焼芋〔51頁〕

石焼芋 いしやきいも　三冬　⇩焼芋〔同右〕

蒸饅頭 むしまんじゅう　むしまんぢゅう　三冬

酒饅頭 さかまんじゅう　さかまんぢゅう　三冬　⇨蒸饅頭

肉饅頭 にくまんじゅう　にくまんぢゅう　三冬　⇨蒸饅頭

今川焼 いまがわやき　いまがはやき　三冬

例　ひっぱられ今川焼は湯気漏らす　岸本尚毅

大判焼 おおばんやき　おほばんやき　三冬　⇨今川焼

回転焼 かいてんやき　くわいてんやき　三冬　⇨今川焼

夜鳴饂飩 よなきうどん　三冬　⇩夜《よ》鷹《たか》蕎麦《そば》〔86頁〕

納豆汁 なっとうじる　三冬

5音　**納豆《なっと》汁《じる》**

だまっこ鍋 だまっこなべ　三冬　⇩きりたんぽ〔87頁〕

鮟鱇鍋 あんこうなべ　あんかうなべ　三冬

石狩鍋 いしかりなべ　三冬

4音　**鮭鍋《さけなべ》**

関東炊 かんとうだき　くわんとうだき　三冬　⇩おでん〔27頁〕

千枚漬 せんまいづけ　三冬

白菜漬 はくさいづけ　三冬

高野豆腐 こうやどうふ　かうやどうふ　晩冬　⇩凍豆腐《しみどうふ》〔87頁〕

氷豆腐 こおりどうふ　こほりどうふ　晩冬　⇩凍豆腐〔同右〕

沢庵漬 たくあんづけ　初冬　⇩沢庵〔53頁〕

大根漬 だいこんづけ　初冬　⇩沢庵〔同右〕

いぶりがっこ いぶりがっこ　初冬　⇩沢庵〔同右〕

燻《いぶ》した大根の漬物。秋田の名物。

北窓閉づ　きたまどとず　きたまどとづ　初冬　⇩北窓《きたまど》塞《ふさ》ぐ
〔120頁〕

明り障子　あかりしょうじ　あかりしやうじ　三冬　⇩障子《しょうじ》
〔27頁〕

雪見障子　ゆきみしょうじ　ゆきみしやうじ　三冬　⇩障子
〔同右〕

襖障子　ふすましょうじ　ふすましやうじ　三冬　⇩襖《ふすま》〔27頁〕

枕屏風　まくらびょうぶ　まくらびやうぶ　三冬　⇩屏風《びょうぶ》〔28頁〕

床暖房　ゆかだんぼう　ゆかだんばう　三冬　⇩暖房〔54頁〕

電気炬燵　でんきごたつ　三冬　⇩炬燵《こたつ》〔28頁〕

囲炉裏開く　いろりひらく　三冬　⇩炉《ろ》〔12頁〕

火の見櫓　ひのみやぐら　三冬　⇩火事〔15頁〕

大根引　だいこんひき　初冬
5音　大根《だいこ》引《ひき》

大根引く　だいこんひく　初冬　⇨大根引

蓮根掘る　れんこんほる　初冬　⇩蓮根《はすね》掘《ほ》る〔89頁〕

大根干す　だいこんほす　初冬
5音　大根《だいこ》干《ほ》す

掛大根　かけだいこん　初冬　⇨大根干す

干大根　ほしだいこん　初冬　⇨大根干す

蟹工船　かにこうせん　三冬

砕氷船　さいひょうせん　晩冬

炭焼小屋　すみやきごや　三冬　⇩炭焼〔56頁〕

炭焼窯　すみやきがま　三冬　⇩炭焼〔同右〕

探梅行　たんばいこう　たんばいかう　晩冬　⇩探梅〔56頁〕

縄跳唄　なわとびうた　なはとびうた　三冬　⇩縄跳〔同右〕

スケート場　すけーとじょう　すけーとぢやう　三冬　⇩スケート〔57頁〕

スケート靴　すけーとぐつ　三冬　⇩スケート〔同右〕

日向ぼっこ　ひなたぼっこ　三冬　⇩日向ぼこ〔91頁〕

日向ぼこり　ひなたぼこり　三冬　⇩日向ぼこ〔同右〕

九州場所　きゅうしゅうばしょ　きうしうばしよ　初冬

8音 十一月場所

羽子板市　はごいたいち　仲冬・暮

例 うつくしき羽子板市や買はで過ぐ　高浜虚子

冬至南瓜　とうじかぼちゃ　仲冬

冬至〔20頁〕に南瓜《かぼちゃ》を入れた粥を食べる風習。

門松立つ　かどまつたつ　仲冬・暮

5音 **松飾《まつかざ》る**

一夜飾　いちやかざり　仲冬・暮

大晦日に注連縄《しめなわ》や門松を飾ること。忌避される。

仕事納　しごとおさめ　しごとをさめ　仲冬・暮

会社や役所などでその年の業務が終わること。

御用納　ごようおさめ　ごようをさめ　仲冬・暮　⇨仕事納

例 真顔して御用納の昼の酒　沢木欣一

忘年会　ぼうねんかい　ぼうねんくわい　仲冬・暮　⇩年忘《としわす》れ〔92頁〕

年越蕎麦　としこしそば　仲冬・暮　⇩晦日蕎麦《みそかそば》〔92頁〕

6音 行事

牡丹焚火　ぼたんたきび　初冬

一一月第三土曜日、須賀川牡丹園（福島県）の牡丹供養。

5音 **牡丹《ぼたん》焚《た》く**

牡丹供養　ぼたんくよう　ぼたんくやう　初冬　⇨牡丹焚火

神農祭　しんのうさい　初冬

一一月二二〜二三日、少名彦《すくなひこ》神社（大阪市）の例祭。

神農さん　しんのうさん　初冬　⇨神農祭

秩父祭　ちちぶまつり　仲冬　⇩秩父夜祭《ちちぶよまつり》〔121頁〕

空也和讃　くうやわさん　初冬　⇩鉢叩《はちたたき》〔94頁〕

報恩講　ほうおんこう　ほうおんかう　仲冬

旧暦一一月二八日（親鸞忌）に浄土真宗の寺で行われる法会。

4音 **御正忌《ごしょうき》**　**御七夜《おしちや》**

5音 **親鸞忌**

終大師　しまいだいし　しまひだいし　仲冬
一二月二一日。毎月二一日の弘法大師の縁日のうちその年最後の縁日。
7音 ▷ **終弘法《しまいこうぼう》**

裸参　はだかまいり　はだかまゐり　晩冬　⇩寒参《かんまいり》〔94頁〕

寒念仏　かんねんぶつ　晩冬　⇩寒念仏《かんねぶつ》〔94頁〕

鬼打豆　おにうちまめ　晩冬　⇩豆撒《まめまき》〔59頁〕

柊挿す　ひいらぎさす　ひひらぎさす　晩冬
節分〔42頁〕の夜、焼いた鰯の頭を柊の枝に刺して玄関などに挿す、魔除けの風習。
9音 ▷ **鰯《いわし》の頭挿《あたまさ》す**

待降節　たいこうせつ　たいかうせつ　初冬
キリスト教の降誕祭（クリスマス）の準備期間。

聖胎祭　せいたいさい　仲冬
一二月八日、キリストの母マリアがその母アンナの胎内に宿った日を記念する祝日。
16音 ▷ **無《む》原罪《げんざい》の聖《せい》マリアの祭日《さいじつ》**
25音 ▷ **童貞聖《どうていせい》マリア無原罪《むげんざい》の御孕《おんやど》りの祝日《いわいび》**

聖胎節　せいたいせつ　仲冬　⇨聖胎祭

降誕祭　こうたんさい　かうたんさい　仲冬　⇩クリスマス〔95頁〕

聖誕祭　せいたんさい　仲冬　⇩クリスマス〔同右〕

碧梧桐忌　へきごとうき　晩冬
二月一日。俳人、河東碧梧桐（一八七三～一九三七）の忌日。
5音 ▷ **寒明忌《かんあけき》**

春夜楼忌　しゅんやろうき　初冬　⇩几董忌《きとうき》〔60頁〕

巣林子忌　そうりんしき　さうりんしき　仲冬　⇩近松忌〔97頁〕

夜半亭忌　やはんていき　晩冬　⇩蕪村忌〔61頁〕

6音　動物

月輪熊　つきのわぐま　三冬　⇩熊〔16頁〕

北極熊 ほっきょくぐま　ほくきよくぐま　三冬　⇩熊〔同右〕
十字狐 じゅうじぎつね　じふじぎつね　三冬　⇩狐〔31頁〕
千島狐 ちしまぎつね　三冬　⇩狐〔同右〕
蝦夷狼 えぞおおかみ　えぞおほかみ　三冬　⇩狼〔61頁〕
越後兎 えちごうさぎ　ゑちごうさぎ　三冬　⇩兎〔31頁〕
へっつひ猫 へっついねこ　三冬　⇩竈猫《かまどねこ》〔97頁〕
座頭鯨 ざとうくじら　ざとうくぢら　三冬　⇩鯨〔31頁〕
長須鯨 ながすくじら　ながすくぢら　三冬　⇩鯨〔同右〕
鰯鯨 いわしくじら　いわしくぢら　三冬　⇩鯨〔同右〕
稚児隼 ちごはやぶさ　三冬　⇩隼〔62頁〕
長元坊 ちょうげんぼう　ちやうげんばう　三冬　⇩隼〔同右〕
冬鶯 ふゆうぐいす　ふゆうぐひす　三冬　⇩冬の鶯《うぐいす》〔122頁〕
藪鶯 やぶうぐいす　やぶうぐひす　三冬　⇩冬の鶯〔同右〕
凍雀 こごえすずめ　晩冬　⇩寒雀《かんすずめ》〔98頁〕
ふくら雀 ふくらすずめ　晩冬　⇩寒雀〔同右〕
母食鳥 ははくいどり　ははくひどり　三冬　⇩梟《ふくろう》〔62頁〕
しまふくろふ しまふくろう　三冬　⇩梟〔同右〕
しろふくろふ しろふくろう　三冬　⇩梟〔同右〕
鴛鴦の契 おしのちぎり　をしのちぎり　三冬　⇩鴛鴦《おしどり》〔63頁〕
鴛鴦の衾 おしのふすま　をしのふすま　三冬　⇩鴛鴦〔同右〕
鴛鴦の褥 おしのしとね　をしのしとね　三冬　⇩鴛鴦〔同右〕
鴛鴦の浮寝 おしのうきね　をしのうきね　三冬　⇩鴛鴦〔同右〕
目大千鳥 めだいちどり　三冬　⇩千鳥《ちどり》〔32頁〕
鵤千鳥 いかるちどり　三冬　⇩千鳥〔同右〕
冬の鷗 ふゆのかもめ　三冬　⇩冬鷗〔100頁〕
袖黒鶴 そでぐろづる　三冬　⇩鶴〔17頁〕
霜夜の鶴 しもよのつる　三冬　⇩凍鶴《いてづる》〔64頁〕
大白鳥 おおはくちょう　おほはくてう　晩冬　⇩白鳥〔64頁〕
葭切鮫 よしきりざめ　三冬　⇩鮫〔17頁〕
鋸鮫 のこぎりざめ　三冬　⇩鮫〔同右〕
かみなりうを かみなりうお　三冬　⇩鰰《はたはた》〔65頁〕

旗魚鮪　かじきまぐろ　かぢきまぐろ　三冬　⇩旗魚《かじき》〔32頁〕

舵木通し　かじきとおし　かぢきとほし　三冬　⇩旗魚〔同右〕
旗魚《かじき》の別名。剣のように鋭く長い上顎が船の舵木を貫通することから。

助宗鱈　すけそうだら　三冬
4音　**佐渡鱈《さどだら》**　**紅葉子《もみじこ》**
5音　**明太魚《めんたいぎょ》**
7音　**明太魚卵《めんたいぎょらん》**

介党鱈　すけとうだら　すけたうだら　三冬　⇨助宗鱈

糸撚鯛　いとよりだい　いとよりだひ　三冬　⇩金糸魚《いとより》〔65頁〕

糸繰魚　いとくりうお　いとくりうを　三冬　⇩金糸魚〔同右〕

潤目鰯　うるめいわし　晩冬
3音　**うるめ**

針千本　はりせんぼん　三冬　⇩河豚《ふぐ》〔18頁〕

河豚提灯　ふぐちょうちん　ふぐちやうちん　三冬　⇩河豚〔同右〕

潮前河豚　しょうさいふぐ　三冬　⇩河豚〔同右〕

糸巻河豚　いとまきふぐ　三冬　⇩河豚〔同右〕

寒鮒釣　かんぶなつり　晩冬　⇩寒鮒《かんぶな》〔67頁〕

八目鰻　やつめうなぎ　晩冬
3音　**八目《やつめ》**
5音　**寒八目《かんやつめ》**　**砂八目《すなやつめ》**　**川八目《かわやつめ》**

越前蟹　えちぜんがに　ゑちぜんがに　三冬　⇩ずわい蟹〔101頁〕

こうばく蟹　こうばくがに　三冬　⇩ずわい蟹〔同右〕

住江牡蠣　すみのえがき　三冬　⇩牡蠣《かき》〔18頁〕

越年蝶　えつねんちょう　ゑつねんてふ　三冬　⇩冬の蝶〔102頁〕

蟷螂枯る　とうろうかる　たうらうかる　初冬　⇨枯蟷螂

枯蟷螂　かれとうろう　かれたうらう　初冬　枯蟷螂
交尾後の色褪せた蟷螂《かまきり》。
例　枯蟷螂に朗々の眼《まなこ》あり　飯田龍太

冬の蝗　ふゆのいなご　三冬　冬の蝗
5音　**冬蝗**

6音 植物

寒紅梅 かんこうばい 晩冬 ⇩冬の梅〔103頁〕

南京梅 なんきんうめ 晩冬 ⇩臘梅《ろうばい》〔68頁〕

緋寒桜 ひかんざくら 三冬 ⇩寒桜《かんざくら》〔103頁〕

寒緋桜 かんひざくら 三冬 ⇩寒桜〔同右〕

八手の花 やつでのはな 初冬

ウコギ科の常緑低木。黄白色の小花を多数つける。

5音 **花八手《はなやつで》**

花柊 はなひいらぎ はなひひらぎ 初冬 ⇩柊《ひいらぎ》の花〔123頁〕

ポインセチア 三冬

9音 **クリスマスフラワー**

猩々木 しょうじょうぼく しやうじやうぼく 三冬 ⇨ポインセチア

紀州蜜柑 きしゅうみかん きしうみかん 三冬 ⇩蜜柑《みかん》〔35頁〕

蜜柑畑 みかんばたけ 三冬 ⇩蜜柑〔同右〕

うちむらさき 晩冬 ⇩朱欒《ざぼん》〔35頁〕

晩三吉 おくさんきち 三冬

梨の一品種。晩秋に収穫し貯蔵して熟したものを冬に出荷する。

5音 **冬の梨**

残る紅葉 のこるもみじ のこるもみぢ 初冬 ⇩冬紅葉《ふゆもみじ》〔104頁〕

木の葉時雨 このはしぐれ 三冬 ⇩木の葉〔35頁〕

落葉の雨 おちばのあめ 三冬 ⇩落葉〔35頁〕

落葉時雨 おちばしぐれ 三冬 ⇩落葉〔同右〕

名の木落葉 なのきおちば 三冬 ⇩落葉〔同右〕

楓《かえで》や銀杏《いちょう》など一般に名の知られた木の落葉。

銀杏落葉 いちょうおちば いちやうおちば 初冬

冬枯道 ふゆがれみち 三冬 ⇩冬枯《ふゆがれ》〔69頁〕

島寒菊 しまかんぎく 三冬 ⇩寒菊《かんぎく》〔69頁〕

浜寒菊 はまかんぎく 三冬 ⇩寒菊〔同右〕

蝦蛄仙人掌 しゃこさぼてん 仲冬 ⇩蝦蛄葉仙人掌《しゃこばさぼてん》〔124頁〕

アロエの花　三冬
ススキノキ科の多肉植物。長い花茎の先に円錐形で赤、黄、橙《だいだい》色などの花を咲かせる。
5音 **花アロエ**

枯菊焚く　かれぎくたく　三冬　⇩枯菊《かれぎく》〈70頁〉

三河島菜　みかわしまな　みかはしまな　三冬　⇩冬菜《ふゆな》〈36頁〉

姫甘藍　ひめかんらん　三冬　⇩芽キャベツ〈71頁〉

ブロッコリー　三冬
5音 **ブロッコリ**
7音 **緑葉椰《みどりはや》菜《さい》**
8音 **子《こ》持花椰《もちはなや》菜《さい》**

カリフラワー　晩冬
5音 **花野菜**　**花キャベツ**

花甘藍　はなかんらん　晩冬　⇨カリフラワー

下仁田葱　しもにたねぎ　晩冬　⇩葱《ねぎ》〈19頁〉

土大根　つちだいこん　三冬　⇩大根〈71頁〉

千六本　せんろっぽん　せんろくほん　三冬　⇩大根〈同右〉

冬青草　ふゆあおくさ　ふゆあをくさ　三冬　⇩冬草《ふゆくさ》〈72頁〉

名の草枯る　なのくさかる　三冬
薊《あざみ》や鶏頭《けいとう》など一般に名の知られた草が枯れること。
4音 **葭枯《よしか》る**　**萱枯《かやか》る**
5音 **名草枯《なぐさか》る**　**薊枯《あざみか》る**　**葛枯《かずらか》る**　**水草枯《みぐさか》る**

鶏頭枯る　けいとうかる　三冬　⇨名の草枯る

竜胆枯る　りんどうかる　りんだうかる　三冬　⇨名の草枯る

蘆の枯葉　あしのかれは　三冬　⇩枯蘆《かれあし》〈72頁〉

枯蘆原　かれあしはら　三冬　⇩枯蘆〈同右〉

山橘　やまたちばな　三冬　⇩藪柑子《やぶこうじ》〈107頁〉

藪橘　やぶたちばな　三冬　⇩藪柑子〈同右〉

冬蒲公英　ふゆたんぽぽ　三冬
例 太陽もゆつくり老いる冬たんぽぽ　木本隆行

蛇の髯の実　じゃのひげのみ　三冬　⇩竜《りゅう》の玉《たま》〈107頁〉

7音の季語

7音　時候

金盞香さく　きんせんかさく　初冬

七十二候（日本）で一一月一七日頃から約五日間。金盞（黄色い水仙）の香りが漂うこと。

神帰月　かみかえりづき　かみかへりづき　仲冬　⇩霜月（38頁）

露こもり月　つゆこもりづき　仲冬　⇩霜月（同右）

鶡鴠鳴かず　かったんなかず　仲冬

七十二候（中国）で一二月七日頃から約五日間。鶡鴠は山鳥の一種。

蚯蚓結ぶ　きゅういんむすぶ　きういんむすぶ　仲冬

七十二候（中国）で一二月二二日頃から約五日間。蚯蚓《みみず》が地中に潜ること。

水泉動く　すいせんうごく　仲冬

凍っていた泉が動き出すこと。七十二候で中国では一月一日頃から、日本では一月一〇日頃から約五日間。

朔旦冬至　さくたんとうじ　仲冬

冬至が旧暦一一月一日になること。めでたいとされた。

宮線を添ふ　きゅうせんをそう　きゅうせんをそふ　仲冬

冬至の後、日が長くなっていくこと。

年浪流る　としなみながる　仲冬・暮　⇩行く年（39頁）

小寒の入　しょうかんのいり　せうかんのいり　晩冬　⇩寒の入（75頁）

款冬の華さく　ふきのはなさく　晩冬

七十二候（日本）で一月二〇日頃から約五日間。款冬《かんとう》は蕗のこと。

三寒四温　さんかんしおん　さんかんしをん　晩冬

一月から二月にかけて寒い日が三日間ほど続いた後、

暖かい日が四日間ほど続くこと。

例　返信の来ずに三寒四温過ぐ　上田五千石

3音　**四温**

4音　**三寒**

6音　**四温日和**《しおんびより》

春遠からじ　はるとおからじ　はるとほからじ　晩冬　⇩春近し〔76頁〕

7音　天文

富士の笠雲　ふじのかさぐも　三冬　⇩冬の雲〔77頁〕

星の入東風　ほしのいりごち　初冬

西日本で陰暦一〇月に吹く北東の風。

北山時雨　きたやましぐれ　初冬　⇩時雨〔同右〕

冬の夕焼　ふゆのゆうやけ　ふゆのゆふやけ　三冬

5音　**冬茜**《ふゆあかね》　**寒茜**《かんあかね》

6音　**冬夕焼**《ふゆゆうやけ》　**寒夕焼**《かんゆうやけ》

7音　地理

氷の楔　こおりのくさび　こほりのくさび　晩冬　⇩氷〔24頁〕

湖凍る　みずうみこおる　みづうみこほる　晩冬　⇩氷湖《ひょうこ》〔25頁〕

冬の湖　ふゆのみずうみ　ふゆのみづうみ　晩冬　⇩氷湖〔同右〕

7音　生活

綿入羽織　わたいればおり　三冬　⇩冬羽織〔84頁〕

子守半纏　こもりはんてん　三冬　⇩ねんねこ〔49頁〕

膝掛毛布　ひざかけもうふ　三冬　⇩膝掛〔49頁〕

オーバーコート　三冬　⇩外套《がいとう》〔50頁〕

釜揚饂飩　かまあげうどん　三冬

鍋焼饂飩　なべやきうどん　三冬

北窓塞ぐ　きたまどふさぐ　初冬

寒い北風に備えて、北側の窓に目貼りや板を施すこと。

「北窓開《きたまどひら》く」は仲春の季語。

例 まなこまで北窓塞ぎたるおもひ　鷹羽狩行

5音 北塞《きたふさ》ぐ

6音 北窓閉《きたまどと》づ

8音 北窓を塞《ふさ》ぐ

北窓を閉づ　初冬　⇨北窓塞ぐ

唐紙障子　からかみしょうじ　からかみしやうじ　三冬　⇩襖《ふすま》〔27頁〕

風炉先屏風　ふろさきびょうぶ　ふろさきびやうぶ　三冬　⇩屏風《びょうぶ》〔28頁〕

スノーモービル　晩冬　⇩雪上車〔89頁〕

ビニールハウス　三冬　⇩温室〔56頁〕

歌舞伎正月　かぶきしょうがつ　かぶきしやうぐわつ　仲冬　⇩顔見世〔56頁〕

芝居正月　しばいしょうがつ　しばゐしやうぐわつ　仲冬　⇩顔見世〔同右〕

日光写真　にっこうしゃしん　につくわうしやしん　三冬　⇩青写真〔90頁〕

アイスホッケー　三冬

インフルエンザ　三冬　⇩風邪〔16頁〕

年末賞与　ねんまつしょうよ　ねんまつしやうよ　仲冬

4音 ボーナス

年末休暇　ねんまつきゅうか　ねんまつきうか　仲冬　⇩冬休〔92頁〕

寒中見舞　かんちゅうみまい　かんちゆうみまひ　晩冬　⇩寒見舞〔92頁〕

7音　行事

秩父夜祭　ちちぶよまつり　仲冬

一二月二〜三日、秩父神社（埼玉県秩父市）の例大祭。

6音 秩父祭《ちちぶまつり》

十夜法要　じゅうやほうよう　じふやほふえう　初冬　⇩十夜《じゅうや》〔30頁〕

空也念仏　くうやねんぶつ　初冬　⇩鉢叩《はちたたき》〔94頁〕

終弘法　しまいこうぼう　しまひこうぼふ　仲冬　⇩終大師《しまいだいし》〔114頁〕

年越詣　としこしもうで　としこしまうで　仲冬・暮

5音　**除夜詣《じょやもうで》**　**年詣《としもうで》**

年越参　としこしまいり　としこしまゐり　仲冬・暮　⇨年《とし》越詣《こしもうで》

クリスマスイヴ　仲冬　⇩クリスマス〔95頁〕

サンタクロース　仲冬　⇩クリスマス〔同右〕

一碧楼忌　いっぺきろうき　仲冬

一二月三一日。俳人、中塚一碧楼（一八八七～一九四六）の忌日。

雪中庵忌　せっちゅうあんき　初冬　⇩嵐雪忌《らんせつき》〔96頁〕

7音　動物

熊穴に入る　くまあなにいる　初冬

北極狐　ほっきょくぎつね　ほくきよくぎつね　三冬　⇩狐〔31頁〕

高麗狐　こうらいぎつね　かうらいぎつね　三冬　⇩狐〔同右〕

抹香鯨　まっこうくじら　まつかうくぢら　三冬　⇩鯨〔31頁〕

ごんどう鯨　ごんどうくじら　ごんどうくぢら　三冬　⇩鯨〔同右〕

雪山の鳥　せつざんのとり　三冬　⇩寒苦鳥《かんくちょう》〔98頁〕

冬の鶯　ふゆのうぐいす　ふゆのうぐひす　三冬

4音　**寒鶯《かんおう》**

6音　**冬鶯《ふゆうぐいす》**　**藪鶯《やぶうぐいす》**

大木葉木菟　おおこのはずく　おほこのはづく　三冬　⇩木菟《みみずく》〔62頁〕

金黒羽白　きんくろはじろ　三冬　⇩鴨〔17頁〕

鴛鴦の独寝　おしのひとりね　をしのひとりね　三冬　⇩鴛鴦《おしどり》〔63頁〕

鴛鴦の毛衣　おしのけごろも　をしのけごろも　三冬　⇩鴛

鶯〔同右〕

耳かいつぶり　みみかいつぶり　三冬　⇩鳰《かいつぶり》〔99頁〕

白鳥来る　はくちょうきたる　はくてうきたる　晩冬　⇩白鳥〔64頁〕

明太魚卵　めんたいぎょらん　三冬　⇩助宗鱈《すけそうだら》〔116頁〕

霜月鰈　しもつきがれい　しもつきがれひ　仲冬

5音▷**寒鰈**《かんがれい》

一二月頃に獲れる鰈。

太腹鱸　ふとはらすずき　初冬　⇩落鱸《おちすずき》〔101頁〕

7音　植物

早咲きの梅　はやざきのうめ　晩冬　⇩早梅《そうばい》〔68頁〕

室咲きの梅　むろざきのうめ　三冬　⇩室咲《むろざ》き〔68頁〕

十月桜　じゅうがつざくら　じふぐわつざくら　三冬　⇩寒桜《かんざくら》〔103頁〕

冬木の桜　ふゆきのさくら　三冬

葉の落ちた冬枯れの桜の木。

5音▷**枯桜**《かれざくら》

柊の花　ひいらぎのはな　ひひらぎのはな　初冬

モクセイ科の常緑小高木。葉の棘《とげ》が特徴。白い小花をつけるが、目立たない。

例　柊の花一本の香かな　高野素十

6音▷**花柊**《はなひいらぎ》

桃葉珊瑚　とうようさんご　たうえふさんご　三冬　⇩青木《あおき》の実〔104頁〕

温州蜜柑　うんしゅうみかん　うんしうみかん　三冬　⇩蜜柑《みかん》〔35頁〕

落葉の時雨　おちばのしぐれ　三冬　⇩落葉《おちば》〔35頁〕

柏の枯葉　かしわのかれは　かしはのかれは　三冬　⇩冬柏《ふゆかしわ》〔105頁〕

枯れ立つ柳　かれたつやなぎ　三冬　⇩枯柳《かれやなぎ》〔105頁〕

枯れ残る菊　かれのこるきく　三冬　⇩枯菊《かれぎく》〔70頁〕

蝦蛄葉仙人掌　しゃこばさぼてん　仲冬
6音 **蝦蛄《しやこ》仙人掌《さぼてん》**
9音 **クリスマスカクタス**

子持甘藍　こもちかんらん　三冬　⇩芽キャベツ〔71頁〕

緑葉椰菜　みどりはやさい　三冬　⇩ブロッコリー〔118頁〕

大根畑　だいこんばたけ　三冬　⇩大根〔71頁〕

三浦大根　みうらだいこん　三冬　⇩大根〔同右〕

練馬大根　ねりまだいこん　三冬　⇩大根〔同右〕

理想大根　りそうだいこん　りさうだいこん　三冬　⇩大根〔同右〕

辛味大根　からみだいこん　三冬　⇩大根〔同右〕

聖護院蕪　しょうごいんかぶ　しやうごゐんかぶ　三冬　⇩蕪《かぶ》〔19頁〕

天王寺蕪　てんのうじかぶ　てんわうじかぶ　三冬　⇩蕪〔同右〕

オランダ三葉　おらんだみつば　三冬　⇩セロリ〔36頁〕

石蕗の花　いしぶきのはな　初冬　⇩石蕗《つわ》の花〔107頁〕

石蕗の花　つわぶきのはな　つはぶきのはな　初冬　⇩石蕗の花〔同右〕

竜の髯の実　りゅうのひげのみ　りうのひげのみ　三冬　⇩竜《りゅう》の玉《たま》〔107頁〕

8音の季語

8音　時候

地始めて凍る　ちはじめてこおる　ちはじめてこほる　初冬

七十二候で中国・日本とも一一月一二日頃から約五日間。

熊穴に蟄る　くまあなにこもる　仲冬

七十二候（日本）で一二月一二日頃から約五日間。

一陽来復　いちようらいふく　いちやうらいふく　仲冬

冬至のこと。この日以降、太陽が次第に勢いを取り戻すこと。

4音〉一陽《いちよう》

一陽の嘉節　いちようのかせつ　いちやうのかせつ　仲冬　⇨一陽来復

雁北に郷ふ　かりきたにむかう　かりきたにむかふ　晩冬

七十二候（中国）で一月五日頃から約五日間。

雉始めて雊く　きじはじめてなく　晩冬　⇩野《や》鶏《けい》始《はじ》めて雊《な》く〔128頁〕

鷙鳥厲疾す　しちょうれいしつす　してうれいしつす　晩冬

七十二候（中国）で一月二五日頃から約五日間。鷙鳥は鷲や鷹のこと。

8音　地理

狐の提灯　きつねのちょうちん　きつねのちやうちん　三冬

⇩狐火〔49頁〕

8音　生活

風呂吹大根　ふろふきだいこん　三冬

4音〉風《ふ》呂《ろ》吹《ふき》

切干大根　きりぼしだいこん　三冬

4音 ⇩**切干**

北窓を塞ぐ　きたまどをふさぐ　初冬　⇩北窓塞《きたまどふさ》ぐ〔120頁〕

例 北窓を塞ぐ薔薇族さぶその他　佐山哲郎

押しくら饅頭　おしくらまんじゅう　おしくらまんぢゆう　三冬

十一月場所　じゅういちがつばしょ　じふいちぐわつばしよ

初冬　⇩九州場所〔112頁〕

寒中水泳　かんちゅうすいえい　晩冬

4音 ⇩**寒泳**《かんえい》

8音　行事

七五三祝　しちごさんいわい　しちごさんいはひ　初冬　⇩七五三〔92頁〕

十二月八日　じゅうにがつようか　じふにぐわつやうか　仲冬

⇩開戦日〔92頁〕

例 十二月八日味噌汁熱うせよ　桜井博道

義士討入の日　ぎしうちいりのひ　仲冬　⇩義《ぎ》士《し》会《かい》〔58頁〕

聖ザビエル祭　せいざびえるさい　初冬

一二月三日、宣教師フランシスコ・ザビエル（一五〇六～五二）の忌日。

クリスマスツリー　仲冬　⇩クリスマス〔95頁〕

例 美容室せまくてクリスマスツリー　下田實花

例 クリスマスツリーの昼の埃かな　清崎敏郎

クリスマスケーキ　仲冬　⇩クリスマス〔同右〕

例 クリスマスケーキこの荷厄介なもの　桂信子

クリスマスカード　仲冬　⇩クリスマス〔同右〕

例 クリスマスカード消印までも讀む　後藤夜半

クリスマスキャロル　仲冬　⇩クリスマス〔同右〕

8音　動物

白長須鯨　しろながすくじら　しろながすくぢら　三冬　⇩鯨〔31頁〕

例　しろながすくぢらのやうにゆきずりぬ　小津夜景

鶯の子鳴く　うぐいすのこなく　うぐひすのこなく　三冬　⇩笹鳴《ささなき》〔62頁〕

羽白鳰　はじろかいつぶり　三冬　⇩鳰《かいつぶり》〔99頁〕

8音　植物

早咲きの椿　はやざきのつばき　晩冬　⇩寒椿《かんつばき》〔104頁〕

クリスマスローズ　晩冬

キンポウゲ科の多年草。多様な園芸種があり、白や淡紅色の大ぶりの花を咲かせる。

子持花椰菜　こもちはなやさい　三冬　⇩ブロッコリー〔118頁〕

沢庵大根　たくあんだいこん　三冬　⇩大根〔71頁〕

青首大根　あおくびだいこん　あをくびだいこん　三冬　⇩大根〔同右〕

方領大根　ほうりょうだいこん　はうりやうだいこん　三冬　⇩大根〔同右〕

守口大根　もりぐちだいこん　三冬　⇩大根〔同右〕

清正人参　きよまさにんじん　三冬　⇩セロリ〔36頁〕

8音

9音の季語

9音　時候

水始めて氷る　みずはじめてこおる　みづはじめてこほる　初冬
七十二候（中国）で一一月七日頃から約五日間。

虹蔵れて見えず　にじかくれてみえず　初冬
七十二候で中国・日本とも一一月二二日頃から約五日間。

虎始めて交む　とらはじめてつるむ　仲冬
七十二候（中国）で一二月一二日頃から約五日間。

鱖の魚群がる　さけのうおむらがる　さけのうをむらがる　仲冬
七十二候（日本）で一二月一七日頃から約五日間。鮭が群になって川を遡ること。

乃東生ず　なつかれくさしょうず　なつかれくさしやうず　仲冬
七十二候（日本）で一二月二二日頃から約五日間。靫《うつぼ》草《ぐさ》が芽吹くこと。

麋角解つる　さわしかつのおつる　仲冬　⇩麋《び》角解《かくげ》す〔73頁〕
七十二候（日本）で一二月二七日頃から約五日間。

芹乃ち栄ふ　せりすなわちさかう　せりすなはちさかふ　晩冬
七十二候（日本）で一月五日頃から約五日間。芹が繁ること。

野鶏始めて雊く　やけいはじめてなく　晩冬
七十二候（中国）で一月一五日頃から約五日間。野鶏《やけい》は雉《きじ》のこと。日本の七十二候では「雉」の字を用いる。

8音▷**雉始《きじはじ》めて雊《な》く**

9音　天文

ダイヤモンドダスト　晩冬　⇩氷晶《ひょうしょう》〔44頁〕

9音　行事

勤労感謝の日　きんろうかんしゃのひ　きんらうかんしやのひ
初冬

七五三の祝　しちごさんのいわい　しちごさんのいはひ　初冬
⇩七五三〔92頁〕

赤襟鳰　あかえりかいつぶり　三冬　⇩鳰《かいつぶり》〔99頁〕

クリスマスフラワー　三冬　⇩ポインセチア〔117頁〕

クリスマスカクタス　仲冬　⇩蝦蛄《しやこ》葉《ば》仙人掌《さぼてん》〔124頁〕

聖護院大根　しょうごいんだいこん　しやうごゐんだいこん
三冬　⇩大根〔71頁〕

鰯の頭挿す　いわしのあたまさす　晩冬　⇩柊《ひいらぎ》挿す〔114頁〕

10音以上の季語

10音　時候

山茶始めて開く　つばきはじめてひらく　初冬

七十二候（日本）で一一月七日頃から約五日間。

閉塞く冬と成る　そらさむくふゆとなる　仲冬

七十二候（日本）で一二月七日頃から約五日間。

水沢腹堅る　さわみずこおりつめる　さはみづこほりつめる　晩冬

七十二候（日本）で一月二五日頃から約五日間。沢の水が氷ること。

水沢腹く堅し　すいたくあつくかたし　晩冬

七十二候（中国）で一月三〇日頃から約五日間。沢の水が氷ること。

10音　行事

クリスマスプレゼント　仲冬　⇩クリスマス〔95頁〕

10音　動物

鮟鱇の吊し切り　あんこうのつるしぎり　あんかうのつるしぎり　三冬　⇩鮟鱇《あんこう》〔66頁〕

11音　時候

朔風葉を払ふ　きたかぜこのはをはらう　きたかぜこのはをはらふ　初冬

七十二候（日本）で一一月二七日頃から約五日間。

閉塞して冬を成す　へいそくしてふゆをなす　初冬

七十二候（中国）で一二月二日頃から約五日間。

橘始めて黄ばむ　たちばなはじめてきばむ　初冬

七十二候（日本）で一二月二日頃から約五日間。

雪下りて麦出びる　ゆきくだりてむぎのびる　仲冬

七十二候（日本）で一月一日頃から約五日間。

鵲始めて巣くふ　かささぎはじめてすくう　かささぎはじめてすくふ　晩冬

七十二候（中国）で一月一〇日頃から約五日間。

水泉動む　しみずあたたかをふくむ　しみづあたたかをふくむ　晩冬

七十二候（日本）で一月一〇日頃から約五日間。泉の氷が解け始めること。

鶏始めて乳す　にわとりはじめてにゅうす　にはとりはじめてにゆうす　晩冬

七十二候で鶏が産卵を始めること。中国では一月二〇日頃から、日本では読みを換えて「鶏《にわとり》始《はじ》めて乳《とやにつ》く」とし、一月三〇日頃から約五日間。

13音　時候

鶏始めて乳く　にわとりはじめてとやにつく　にはとりはじめてとやにつく　晩冬

七十二候（日本）で一月三〇日頃から約五日間。鶏が産卵を始めること。

14音　時候

天気上騰し地気下降す　てんきじょうとうしちきかこうす　てんきじやうとうしちきかかうす　初冬

七十二候（中国）で一一月二七日頃から約五日間。

15音　行事

阪神淡路大震災の日　はんしんあわじだいしんさいのひ　はんしんあはぢだいしんさいのひ　晩冬

16音　行事

無原罪の聖マリアの祭日　むげんざいのせいまりあのさいじつ　仲冬　⇩聖胎祭〔114頁〕

19音　時候

野鶏大水に入り蜃と為る　やけいたいすいにいりおおはまぐりとなる　やけいたいすいにいりおほはまぐりとなる　初冬

七十二候（中国）で一一月一七日頃から約五日間。

25音　行事

童貞聖マリア無原罪の御孕りの祝日　どうていせいまりあむげんざいのおんやどりのいわいび　どうていせいまりあむげんざいのおんやどりのいはいび　仲冬　⇩聖胎祭〔114頁〕

新年

2音の季語

2音 時候

去年 こぞ

3音 **去年《きよねん》**　**去歳《きよさい》**

5音 **宵《よい》の年《とし》**

2音 生活

屠蘇 とそ

4音 **屠蘇《とそ》酒《ざけ》**　**屠蘇《とそ》散《さん》**　**屠蘇《とそ》酌《く》む**

5音 **屠蘇《とそ》祝《いは》ふ**　**屠蘇袋《とそぶくろ》**

8音 **屠蘇《とそ》延命散《えんめいさん》**

賀詞 がし　⇩年賀〔137頁〕

節 せち

3音 **お節《せち》**

4音 **節饗《せちあえ》**　**節客《せちきやく》**

6音 **節振舞《せちぶるまい》**

羽子 はね　⇩羽子《はね》つき〔148頁〕

羽子 はご　⇩羽子つき〔同右〕

例 大空に羽子の白妙とゞまれり　高浜虚子

独楽 こま

4音 **独楽《こま》打《う》つ**　**勝独楽《かちごま》**　**負独楽《まけごま》**

5音 **独楽廻《こままわ》し**　**喧嘩独楽《けんかごま》**

2音 植物

歯朶／羊歯 しだ

3音 **穂長《ほなが》**

4音 **裏白《うらじろ》**　**諸向《もろむき》**　**山草《やまぐさ》**

5音 **鳳尾草《ほうびそう》**

3音の季語

3音 時候

年初 ねんしょ ⇩新年〔141頁〕
年始 ねんし ⇩新年〔同右〕
甫年 ほねん ⇩新年〔同右〕
年甫 ねんぽ ⇩新年〔同右〕
初月 しょげつ ⇩正月〔141頁〕
嘉月 かげつ ⇩正月〔同右〕
首春 しゅしゅん ⇩正月〔同右〕
規春 きしゅん ⇩正月〔同右〕
首歳 しゅさい ⇩正月〔同右〕
初歳 しょさい ⇩正月〔同右〕
華歳 かさい くわさい ⇩正月〔同右〕
初節 しょせつ ⇩正月〔同右〕
初陽 しょよう しよやう ⇩正月〔同右〕
地正 ちせい ⇩正月〔同右〕
初正 しょせい ⇩正月〔同右〕
夏正 かせい ⇩正月〔同右〕
春首 しゅんしゅ ⇩正月〔同右〕
歳首 さいしゅ ⇩正月〔同右〕
歳初 さいしょ ⇩正月〔同右〕
今年 ことし
例 観音の頬の木目を今年とす 山西雅子
4音 **今年**《こんねん》 **当年**《とうねん》
去年 きょねん ⇩去年《こぞ》〔134頁〕
去歳 きょさい ⇩去年〔同右〕
三始 さんし ⇩元日〔143頁〕
初旦 しょたん ⇩元旦〔143頁〕

二日 ふつか

例 留守を訪ひ留守を訪はれし二日かな　五十嵐播水

例 髪に浮く二日のうすき埃かな　鈴木真砂女

例 若き日の映画も見たりして二日　大牧広

狗日 くじつ　⇨二日

三日 みっか

例 男また眠つてしまふ三日かな　夏井いつき

猪日 ちょじつ　⇨三日

四日 よっか

例 三ヶ日早や過ぎ四日遅々と過ぎ　星野立子

4音 **羊日**《ようじつ》

五日 いつか

4音 **牛日**《ぎゅうじつ》

六日 むいか

5音 **六日**《むいか》**年**《どし》

馬日 ばじつ　⇨六日

七日 なのか

4音 **人日**《じんじつ》

6音 **人勝節**《じんしょうせつ》

7音 **七日正月**《なぬかしょうがつ》　**七日**《なぬか》**の節句**《せっく》

3音 天文

初日／初陽 はつひ

元旦に昇る太陽。

例 初日待つ鳶も鴉もまだ飛ばず　鈴木真砂女

例 らんらんと打ち延べされし初日いま　橋本夢道

例 順番に初日の当たる団地かな　小野あらた

5音 **初日の出**　**初旭**《はつあさひ》

若日 わかび　⇨初日

淑気 しゅくき

新年のめでたさに満ちていること。

例 指揮棒を大きく構へ淑気かな　柏柳明子

例　てのひらのこんぺいとうの淑気かな　草間時彦

5音　**淑気《しゅくき》満《み》つ**

3音　生活

春着／春著／春衣　はるぎ

新年に着る晴れ着。

5音　**春小《はるこ》袖《そで》　花小《はなこ》袖《そで》　松襲《まつがさね》**

7音　**正月小袖《しょうがつこそで》**

年酒　ねんしゅ

年賀に訪れた客にふるまう酒。

4音　**年酒《としざけ》**

5音　**年始《ねんし》酒《ざけ》　年《とし》の酒《さけ》**

福茶　ふくちゃ　⇩大服《おおぶく》〔145頁〕

雑煮　ぞうに　ざふに

例　人類に空爆のある雑煮かな　関悦史

例　揺らげる歯そのまま大事雑煮食ふ　高浜虚子

5音　**雑煮《ぞうに》餅《もち》　雑煮《ぞうに》椀《わん》**

6音　**雑煮《ざふに》祝《いは》ふ　羹《かん》を祝《いわ》ふ**

草石蚕　ちょろぎ

シソ科の多年草。地下茎を梅酢に浸け、節《せち》〔134頁〕の一品にする。

4音　**ちょうろぎ**

五万米　ごまめ　⇩田作《たづくり》〔145頁〕

年賀　ねんが

三が日〔153頁〕にかわす挨拶。

例　不精にて年賀を略す他意あらず　高浜虚子

2音　**賀詞《がし》**

4音　**年《とし》の賀《が》　年礼《ねんれい》　初礼《はつれい》**

5音　**年《とし》の礼《れい》**

6音　**正月《しょうがつ》礼《れい》　年始《ねんし》廻《まわ》り**

年始　ねんし　⇨年賀

賀正　がしょう　がしやう　⇨年賀

御慶　ぎょけい

年賀〔137頁〕の言葉。

例 富士額見せて御慶を申しけり　太田うさぎ

礼者　れいじゃ

三が日〔153頁〕に年賀〔137頁〕の挨拶に回る人。

例 病床をかこむ礼者や五六人　正岡子規

5音 **年賀客**　**年始客**　**初礼者《はつれいじゃ》**

6音 **女礼者《おんなれいじゃ》**

賀客　がきゃく　⇨礼者

例 靴大き若き賀客の来てゐたり　能村登四郎

例 羽織だけ著替へ賀客を迎へけり　星野立子

賀状　がじょう　がじやう

5音 **年賀状**

6音 **年賀はがき**

7音 **年賀郵便**　**年賀電報**　**賀状配達**

初荷　はつに

お節　おせち　⇩節《せち》〔134頁〕

出初　でぞめ

消防士による新年の初出勤の行事。

例 ここに又出初くづれのゐたりけり　高浜虚子

5音 **出初式**　**梯子《はしご》乗《のり》**

破魔矢　はまや

弓矢形のお守り。初詣のとき神社で授かり持ち帰る。

例 抱きし子に持たせて長き破魔矢かな　松本たかし

例 いつ帰り来しや破魔矢は卓の上　今井千鶴子

4音 **破魔弓《はまゆみ》**

餅穂　もちほ　⇩餅花《もちばな》〔146頁〕

飾　かざり

正月の飾りのこと。注連縄《しめなわ》〔147頁〕や鏡餅〔155頁〕など。

4音 **お飾《かざり》**

初湯　はつゆ

例 からからと初湯の桶をならしつつ　高浜虚子

例 初湯中黛ジュンの歌謡曲　京極杞陽

例 みな同じ性をゆらして初湯かな　浅沼璞

4音 **初風呂《はつぶろ》**

5音 **初湯殿《はつゆどの》**

若湯　わかゆ　⇨初湯

歌留多／骨牌　かるた

例 掌に歌留多の硬さ歌留多切る　後藤比奈夫

例 しづかなるひとのうばへる歌留多かな　野口る理

例 むさし野は男の闇ぞ歌留多翔ぶ　八田木枯

5音 **歌がるた**　**花歌留多《はながるた》**　**歌留多取《かるたとり》**　**歌留多会《かるたかい》**

6音 **いろは歌留多**　**歌留多遊《かるたあそび》**

7音 **百人一首**

手毬／手鞠

例 目の黒い人に生れて手鞠哉　正岡子規

5音 **手《て》毬唄《まりうた》**　**手毬つく**

若井　わかい　わかゐ　⇩若水《わかみず》〔149頁〕

3音　行事

朝賀　ちょうが　てうが

元日に天皇が臣下の拝賀を受ける行事。

4音 **朝拝《ちょうはい》**

拝賀　はいが　⇨朝賀

参賀　さんが　⇨朝賀

恵方　えほう　ゑはう　⇩恵方詣《えほうまいり》〔165頁〕

どんど　⇩左義長〔149頁〕

とんど　⇩左義長〔同右〕

例 火の中に鈴の見えたるとんどかな　岸本尚毅

初卯　はつう

その年最初の卯の日に神社に参詣すること。

6音 **初卯詣《はつうもうで》**

初巳　はつみ　⇩初弁天〔166頁〕

初亥 はつい　はつゐ

その年最初の亥の日に、摩利支天を祀る寺に参詣すること。

8音 **摩利支天詣**《まりしてんまいり》

野坂忌 やばき

旧暦正月三日。俳人、志太《しだ》野坡（一六六二～一七四〇）の忌日。

7音 **小楠公忌**《しょうなんこうき》

3音 植物

穂長 ほなが　⇩歯朶《しだ》〔134頁〕

若菜 わかな

七種粥《ななくさがゆ》〔164頁〕に入れる菜。

4音 **祝菜**《いわいな》　**粥草**《かゆぐさ》

5音 **七草菜**《ななくさな》

薺 なずな　なづな

アブラナ科の越年草。春に白い小花をつける。春の七草〔169頁〕の一つ。薺の花、異称のぺんぺん草は三春の季語。

御形 おぎょう　おぎやう

母子草《ははこぐさ》（晩春）の異称。春の七草〔169頁〕の一つ。

御形 ごぎょう　ごぎやう　⇨御形

菘／鈴菜／菁 すずな

蕪《かぶ》（三冬）〔19頁〕の異称。春の七草〔169頁〕の一つ。

菘 あおな　あをな　⇨菘

4音の季語

4音　時候

新年　しんねん
3音　年初《ねんしょ》　年始《ねんし》　甫年《ほねん》　年甫《ねんぽ》
5音　年新《としあら》た　年始《としはじめ》　明《あ》くる年《とし》　年来《としきた》る　年迎《としむか》ふ　若《わか》き年《とし》　年変《としかわ》る　年の花　玉の年
6音　迎《むか》ふる年《とし》　年《とし》の始《はじめ》
7音　新しき年　新玉《あらたま》の年《とし》　改《あらた》まる年《とし》　年立返《としたちかえ》る　年《とし》改《あらた》まる

年頭　ねんとう　⇨新年

改年　かいねん　⇨新年

初年　はつどし　⇨新年

新歳　しんさい　⇨新年

年立つ　としたつ　⇨新年

来る年　くるとし　⇨新年

年越ゆ　としこゆ　⇨新年

年明く　としあく　⇨新年

年の端　としのは　⇨新年

初春　はつはる
5音　今朝《けさ》の春　明《あけ》の春　千代《ちよ》の春　四方《よも》の春　花の春　老《おい》の春　玉の春

新春　しんしゅん　⇨初春

迎春　げいしゅん　⇨初春

正月　しょうがつ　しやうぐわつ
3音　初月《しょげつ》　嘉月《かげつ》　首春《しゅしゅん》　規春《きしゅん》　首歳《しゅさい》　初歳《しょさい》　華歳《かさい》　初節《しょせつ》　初陽《しょよう》　地正《ちせい》　初正《しょせい》　夏正《かせい》　春首《しゅんしゅ》　歳首《さいしゅ》　歳初《さいしょ》
5音　お正月　祝月《いわいづき》　年端月《としはづき》　暮新月《くれしづき》　太郎月《たろうづき》　初見《はつみ》月《づき》　子日月《ねのひづき》　年初月《ねんしょげつ》

6音

初春月《はつはるづき》　初空月《はつぞらづき》　端正月《たんしょうがつ》　正陽月《せいようげつ》　王春月《おうしゅんげつ》

春正月《しゅんしょうがつ》　人正月《じんしょうがつ》

7音

霞初月《かすみそめづき》

元月　がんげつ　ぐわんげつ　⇨正月

昵月　じつげつ　ぢつげつ　⇨正月

端月　たんげつ　⇨正月

初月　はつづき　⇨正月

王月　おうげつ　わうげつ　⇨正月

上月　じょうげつ　じやうげつ　⇨正月

謹月　きんげつ　⇨正月

王春　おうしゅん　わうしゅん　⇨正月

開春　かいしゅん　⇨正月

発春　はつしゅん　⇨正月

献春　けんしゅん　⇨正月

肇歳　ちょうさい　てうさい　⇨正月

開歳　かいさい　⇨正月

芳歳　ほうさい　はうさい　⇨正月

方歳　ほうさい　はうさい　⇨正月

発歳　はつさい　⇨正月

献歳　けんさい　⇨正月

青陽　せいよう　せいやう　⇨正月

孟陽　もうよう　まうやう　⇨正月

上陽　じょうよう　じやうやう　⇨正月

新陽　しんよう　しんやう　⇨正月

孟陬　もうすう　まうすう　⇨正月

王正　おうせい　わうせい　⇨正月

月正　げっせい　⇨正月

天正　てんせい　⇨正月

人正　じんせい　⇨正月

春孟　しゅんもう　しゅんまう　⇨正月

今年　こんねん　⇩今年《ことし》〔135頁〕

当年　とうねん　たうねん　⇩今年〔同右〕

旧年 きゅうねん　きうねん

旧年／古年 ふるとし　⇨旧年

旧臘 きゅうろう　きうらふ　⇨旧年

旧冬 きゅうとう　きうとう　⇨旧年

元日 がんじつ　ぐわんじつ

例 元日の午前はいつか午後になり　阿部青鞋

例 かれらにも元日させん鳩すゞめ　一茶

3音 **三始《さんし》**

5音 **お元日　日《ひ》の始《はじめ》**

6音 **月《つき》の始《はじめ》　三《さん》の始《はじめ》**

鶏日 けいじつ　⇨元日

三元 さんげん　⇨元日

元三 がんさん　ぐわんさん　⇨元日

元旦 がんたん　ぐわんたん

元日の朝。

例 元旦でありぬ起きるかまだいいか　池田澄子

3音 **初旦《しょたん》**

5音 **大旦《おおあした》　初旦《はつあした》　年の朝**

6音 **春の旦《あした》　初暁《はつあかつき》**

元朝 がんちょう　ぐわんてう　⇨元旦

歳旦 さいたん　⇨元旦

聖旦 せいたん　⇨元旦

鶏旦 けいたん　⇨元旦

朔旦 さくたん　⇨元旦

改旦 かいたん　⇨元旦

羊日 ようじつ　⇩四日《よっか》〔136頁〕

牛日 ぎゅうじつ　ぎうじつ　⇩五日《いつか》〔136頁〕

人日 じんじつ　⇩七日《なのか》〔136頁〕

人の日 ひとのひ　⇨人日

例 人日やどちらか眠るまで話す　岡田由季

元七 がんしち　ぐわんしち　⇨人日

霊辰 れいしん　⇨人日

松過 まつすぎ

松明 まつあけ ⇨松過

注連明 しめあけ ⇨松過

望年 もちどし ⇩小正月《こしょうがつ》〔153頁〕

若年 わかとし ⇩小正月〔同右〕

4音 天文

初空 はつぞら

元日の空。

例 初空や水とはうしなはれやすき　生駒大祐

5音 **初御空《はつみそら》**

初晴 はつばれ

元日の晴天。

初東風 はつごち

年が明けて初めて吹く東風。

初風 はつかぜ

元日に吹く風。

初凪 はつなぎ

元日の海の凪。

御降り おさがり

元日または三が日に降る雨や雪。

6音 **富正月《とみしょうがつ》**

4音 地理

初富士 はつふじ

若菜野 わかなの

七種《ななくさ》〔146頁〕の菜を摘む野。一月六日の慣習。

4音 生活

屠蘇酒 とそざけ ⇩屠蘇《とそ》〔134頁〕

屠蘇散 とそさん ⇩屠蘇〔同右〕

例 屠蘇散や夫は他人なので好き　池田澄子

屠蘇酌む　とそくむ　⇩屠蘇〔同右〕

年酒　としざけ　⇩年酒《ねんしゅ》〔137頁〕

大服／大福　おおぶく　おほぶく

新年に若水〔149頁〕で淹れる茶。

3音 **福茶《ふくちゃ》**

5音 **大福茶《おおふくちゃ》**

御福茶　おふくちゃ　⇨大服

福鍋　ふくなべ　⇩福沸《ふくわかし》〔155頁〕

喰積／食積　くいつみ　くひつみ

年賀に訪れた客をもてなす料理。もとは縁起物を飾って実際には食べなかった。

重詰　じゅうづめ　ぢゅうづめ　⇨喰積

太箸　ふとばし

雑煮〔137頁〕を食べるのに使う白木の箸。

5音 **雑煮《ぞうに》箸《ばし》**　**祝箸《いわいばし》**

羹箸　かんばし　⇨太箸

箸紙　はしがみ　⇨太箸

ちようろぎ　⇩草石蚕《ちょろぎ》〔137頁〕

数の子　かずのこ

かどのこ　⇨数の子

田作　たづくり

乾燥させたカタクチイワシの幼魚に甘辛いタレをからめた料理。

例 田作を丈夫な方の歯にまはす　根橋宏次

3音 **五万米《ごまめ》**

5音 **小殿原《ことのばら》**

御鏡　おかがみ　⇩鏡餅《かがみもち》〔155頁〕

年の賀　としのが　⇩年賀〔137頁〕

年礼　ねんれい　⇩年賀〔同右〕

初礼　はつれい　⇩年賀〔同右〕

年玉　としだま

5音 **お年玉**

4音

初夢　はつゆめ

例　初夢のつひにここまで来て手ぶら　山田耕司

5音　**初枕**《はつまくら》　**貘枕**《ばくまくら》

書初　かきぞめ

5音　**筆始**《ふではじめ》

読初　よみぞめ

例　読初のぱつと開けたるところ読む　柘植史子

6音　**読書始**《どくしよはじめ》

初市　はついち

初糶　はつせり　⇨初市

買初　かいぞめ　かひぞめ

節饗　せちあえ　せちあへ　⇩節《せち》〔134頁〕

節客　せちきゃく　⇩節〔同右〕

初旅　はつたび

5音　**旅始**《たびはじめ》

破魔弓　はまゆみ　⇩破魔矢《はまや》〔138頁〕

七種／七草　ななくさ

一月七日の節句のこと。またはその日に食べる七種粥《ななくさがゆ》〔164頁〕。

餅花　もちばな

紅白の餅を竹などの枝に付けて稲穂を模した飾り。

例　餅花に立てば触れしよ旅の髪　野沢節子

3音　**餅穂**《もちほ》

5音　**餅手鞠**《もちでまり》　**餅の花**

花餅　はなもち　⇨餅花

繭玉　まゆだま

紅白の餅を小さく千切って繭の形にした飾り。

5音　**繭団子**《まゆだんご》

繭餅　まゆもち　⇨繭玉

門松　かどまつ

例　門松やどの服からも顔が出て　山田耕司

5音　**松飾**《まつかざり》　**飾松**《かざりまつ》　**門飾**《かどかざり》　**門の松**　**門の竹**

4音

お飾 おかざり ⇩飾《かざり》〔138頁〕

注連縄 しめなわ しめなは

5音 **注連飾**《しめかざり》 **縄飾**《なわかざり》 **飾縄**《かざりなわ》 **掛飾**《かけかざり》

輪飾 わかざり ⇨注連縄

年縄 としなわ としなは ⇨注連縄

蓬莱 ほうらい ⇩蓬莱飾《ほうらいかざり》〔168頁〕

掃初 はきぞめ

その年初めて箒《ほうき》で掃除すること。多くは二日。

5音 **初箒**《はつぼうき》 **初掃除**《はつそうじ》

初風呂 はつぶろ ⇩初湯《はつゆ》〔138頁〕

初刷 はつずり

その年初めての本や雑誌を刊行すること。

5音 **刷始**《すりはじめ》

初泣 はつなき

泣初 なきぞめ ⇨初泣

初髪 はつがみ

初結 はつゆい はつゆひ ⇨初髪

結初 ゆいぞめ ゆひぞめ ⇨初髪

縫初 ぬいぞめ ぬひぞめ

5音 **縫始**《ぬいはじめ》 **針起**《はりおこ》**し**

初針 はつはり ⇨縫初

焚初 たきぞめ ⇩初竈《はつかまど》〔158頁〕

初釜 はつがま

5音 **初茶湯**《はつちゃのゆ》 **釜始**《かまはじめ》 **初点前**《はつてまえ》

6音 **茶湯始**《ちゃのゆはじめ》

点初 たてぞめ ⇨初釜

乗初 のりぞめ

5音 **初電車**《はつでんしゃ》

鍬初 くわぞめ くはぞめ ⇩鍬始《くわはじめ》〔158頁〕

鋤初 すきぞめ ⇩鍬始〔同右〕

初漁 はつりょう はつれふ

5音 **漁始**《りょうはじめ》

双六　すごろく

5音　絵双六《えすごろく》

8音　道中双六《どうちゅうすごろく》

投扇　とうせん　⇩投扇興《とうせんきょう》〔165頁〕

羽子板　はごいた

羽子つき／羽根つき　はねつき

2音　羽子《はね》　羽子《はご》

羽子つく／羽根つく　はねつく　⇨羽子つき

追羽子　おいばね　おひばね　⇨羽子つき

遣羽子　やりばね　⇨羽子つき

揚羽子　あげばね　⇨羽子つき

独楽打つ　こまうつ　⇩独楽《こま》〔134頁〕

勝独楽　かちごま　⇩独楽〔同右〕

負独楽　まけごま　⇩独楽〔同右〕

初凧　はつだこ

福引　ふくびき

ぽっぺん　ぽっぺん

フラスコに似たガラスの玩具。息を吹き込んで鳴らす。

弾初　ひきぞめ

元は琴や三味線を新年に初めて鳴らすこと。現在は広く弦楽器に用いる。

5音　琴始《ことはじめ》

初弾　はつびき　⇨弾初

万歳　まんざい

正月に二人一組で家々をまわる門付《かどつけ》の一つ。

獅子舞　ししまい　ししまひ

例　獅子舞の獅子の口より人の声　田川飛旅子

5音　獅子頭《ししがしら》

猿曳　さるひき　⇩猿廻し〔159頁〕

傀儡師　くぐつし　⇩傀儡師《かいらいし》〔159頁〕

傀儡　かいらい　くわいらい　⇩傀儡師〔同右〕

初席　はつせき

初寄席　はつよせ　⇨初席

例　初寄席に肩ふれ合うて笑ふなり　津川絵理子

初場所　はつばしょ、

例　初場所の力士二十歳となりにけり　岸本尚毅

5音　**初相撲**

6音　**一月場所**　**正月場所**

駅伝　えきでん　⇩箱根駅伝〔168頁〕

若水　わかみず　わかみづ

その年初めて汲む水。邪気を除くとされた。

3音　**若井**《わかい》

5音　**井華水**《せいかすい》

6音　**一番水**《いちばんみず》

初水　はつみず　はつみづ　⇨若水

福水　ふくみず　ふくみづ　⇨若水

井開　いびらき　ゐびらき　⇨若水

4音　行事

朝拝　ちょうはい　てうはい　⇩朝賀《ちょうが》〔139頁〕

白朮火　おけらび　をけらび　⇩白朮詣《おけらまいり》〔165頁〕

玉せり　たませり　⇩玉せせり〔160頁〕

ひよんどり　ひょんどり

一月三日、四日、静岡県浜松市引佐町《いなさちょう》の豊穣祈願の祭り。火を用いた踊りが演じられる。

鍵引／鉤引　かぎひき

三重県、奈良県、滋賀県に見られる豊穣祈願の神事。

左義長　さぎちょう　さぎちやう

火祭の行事。多くは一月一五日あたり。

3音　**どんど**　**とんど**

5音　**どんど焼**

藪入　やぶいり

一月一六日。かつて奉公人の一日の休暇。七月一六日の盆休みは「後《のち》の藪入」と呼ぶ。

鷽替　うそかえ　うそかへ

一月七日。太宰府天満宮（福岡県太宰府市）などで、木で作った鷽を交換し合う神事。

福笹　ふくざさ　⇩十日戎《とおかえびす》（166頁）

十日戎《とおかえびす》で授かる笹。縁起物を買い、この笹に吊るして帰る。

例　旅の手に福笹しなふ重さあり　有働亨

吉兆　きっちょう　きつてう　⇩十日戎（同右）

初辰　はったつ

その年最初の辰の日。かつては屋根に水や海水を打って火難除けとした。

7音　**初辰の水**

初寅　はつとら

その年最初の寅の日。毘沙門天を祀る寺に参詣する。

7音　**初寅詣**《はつとらもうで》　**初寅参**《はつとらまいり》

なまはげ

秋田県男鹿《おが》半島に伝わる小正月（153頁）の行事。鬼の面をつけた若者が家々をまわる。

例　なまはげのふぐりの揺れてゐるならむ　太田うさぎ

かまくら

秋田県横手市に伝わる小正月（153頁）の子供の行事。雪で作った洞《ほら》に祭壇を設けて行う。

土芳忌　とほうき　とはうき

旧暦正月一八日。俳人、服部土芳（一六五七～一七三〇）の忌日。

明恵忌　みょうえき　みやうゑき

旧暦正月一九日。華厳宗を復興した明恵（一一七三～一二三二）の忌日。

覚如忌　かくにょき

旧暦正月一九日。浄土真宗の僧、覚如（一二七一～一三五一）の忌日。

徂徠忌　そらいき

旧暦正月一九日。儒学者、荻生《おぎゅう》徂徠（一六六六〜一七二八）の忌日。

羅山忌　らざんき

旧暦正月二三日。朱子学派の儒学者、林羅山（一五八三〜一六五七）の忌日。

4音　動物

初鶏　はつとり

元日の夜明けに泣く鶏。

例　初鶏や家中柱ひきしまり　加藤楸邨

伊勢海老　いせえび

注連飾《しめかざり》〔157頁〕や蓬萊飾《ほうらいかざり》〔168頁〕に使われることから新年の季語。

例　伊勢海老の髭の先まで喜色あり　村上鞆彦

4音　植物

楪／譲り葉／楒／杠　ゆずりは　ゆづりは

ユズリハ科の常緑高木。光沢のある細い葉を縁起物として新年の飾りに使う。

5音　**親子《おやこ》草《ぐさ》**

弓弦葉　ゆづるは　⇨楪

裏白　うらじろ　⇩歯朶《しだ》〔134頁〕

諸向　もろむき　⇩歯朶〔同右〕

山草　やまぐさ　⇩歯朶〔同右〕

祝菜　いわいな　いわひな　⇩若菜〔140頁〕

粥草　かゆぐさ　⇩若菜〔同右〕

田平子　たびらこ　⇩仏の座〔162頁〕

蘿蔔／清白　すずしろ

大根（三冬）〔71頁〕の異称。春の七草〔169頁〕の一つ。

4音

5音の季語

5音 時候

年新た としあらた ⇩新年〔141頁〕

年始 としはじめ ⇩新年〔同右〕

明くる年 あくるとし ⇩新年〔同右〕

年来る としきたる ⇩新年〔同右〕

年迎ふ としむかふ ⇩新年〔同右〕

例 年迎ふ櫛の歯ふかく髪梳きて　橋本多佳子

若き年 わかきとし ⇩新年〔同右〕

年変る としかわる　としかはる ⇩新年〔同右〕

年の花 としのはな ⇩新年〔同右〕

玉の年 たまのとし ⇩新年〔同右〕

今朝の春 けさのはる ⇩初春《はつはる》〔141頁〕

明の春 あけのはる ⇩初春〔同右〕

千代の春 ちよのはる ⇩初春〔同右〕

四方の春 よものはる ⇩初春〔同右〕

花の春 はなのはる ⇩初春〔同右〕

老の春 おいのはる ⇩初春〔同右〕

例 悪なれば色悪《いろあく》よけれ老の春　高浜虚子

玉の春 たまのはる ⇩初春〔同右〕

お正月 おしょうがつ　おしやうぐわつ ⇩正月〔141頁〕

祝月 いわいづき　いはひづき ⇩正月〔同右〕

年端月 としはづき ⇩正月〔同右〕

暮新月 くれしづき ⇩正月〔同右〕

太郎月 たろうづき　たらうづき ⇩正月〔同右〕

初見月 はつみづき ⇩正月〔同右〕

子日月 ねのひづき ⇩正月〔同右〕

年初月 ねんしょげつ ⇩正月〔同右〕

去年今年 こぞことし

例 去年今年一時か半か一つ打つ　高浜虚子

例 空の木といふ名の塔や昨年今年　相子智恵

例 去年今年なくレーダーの回るかな　杉原祐之

3音 **去年《きょねん》　去歳《きょさい》**

5音 **宵《よい》の年《とし》**

初昔 はつむかし

旧年のこと。

例 床の内温みてきたる初昔　村上鞆彦

宵の年 よいのとし　よひのとし　⇩去年《こぞ》〔134頁〕

お元日 おがんじつ　おぐわんじつ　⇩元日〔143頁〕

日の始 ひのはじめ　⇩元日〔同右〕

大旦 おおあした　おほあした　⇩元旦〔143頁〕

例 外出はせぬがよそゆき大旦　小池康生

初旦 はつあした　⇩元旦〔同右〕

年の朝 としのあさ　⇩元旦〔同右〕

三が日 さんがにち

六日年 むいかどし　⇩六日《むいか》〔136頁〕

松の内 まつのうち

例 よきコリー飼はれて静か松の内　後藤夜半

松七日 まつなぬか　⇨松の内

注連の内 しめのうち　⇨松の内

小正月 こしょうがつ　こしやうぐわつ

一月一五日または一月一四～一六日。

4音 **望年《もちどし》　若年《わかとし》**

6音 **花正月《はなしょうがつ》　望正月《もちしょうがつ》　若正月《わかしょうがつ》**

7音 **二番正月《にばんしょうがつ》**

9音 **十五日正月《じゅうごにちしょうがつ》**

女正月 めしょうがつ　めしやうぐわつ　⇩女正月《おんなしょうがつ》〔167頁〕

花の内 はなのうち

松の内〔153頁〕に対して、一月一五日から一月末まで。東北地方の習わし。

5音　天文

初御空　はつみそら　⇩初空〔144頁〕

例　東宝はゴジラの会社初御空　岸本尚毅

初日の出　はつひので　⇩初日《はつひ》〔136頁〕

初旭　はつあさひ　⇩初日〔同右〕

初明り　はつあかり

元日の夜明けに東の空が明るみ始める状態。

初夜明　はつよあけ　⇨初明り

初茜　はつあかね

元日の夜明け、明るみ始めた東の空。

例　肛門で腸終りたる初茜　寺澤一雄

初霞　はつがすみ

年が明けてから初めての霞。

新霞　にいがすみ　にひがすみ　⇨初霞

淑気満つ　しゅくきみつ　⇩淑気〔136頁〕

例　包丁を待つ俎に淑気満つ　鈴木真砂女

5音　地理

初景色　はつげしき

元日の景色。

例　遠目にも光るは硝子初景色　岸本尚毅

初山河　はつさんが　⇨初景色

初筑波　はつつくば

初比叡　はつひえい

初浅間　はつあさま

5音　生活

着衣始　きそはじめ

新年に初めて着物を着ること。

春小袖　はるこそで　⇩春着《はるぎ》〔137頁〕

花小袖　はなこそで　⇩春着〔同右〕

松襲　まつがさね　⇩春着〔同右〕

屠蘇祝ふ　とそいわう　とそいはふ　⇩屠蘇《とそ》〔134頁〕

屠蘇袋　とそぶくろ　⇩屠蘇〔同右〕

年始酒　ねんしざけ　⇩年酒《ねんしゅ》〔137頁〕

年の酒　としのさけ　⇩年酒〔同右〕

大福茶　おおふくちゃ　おほふくちや　⇩大服《おおぶく》〔145頁〕

福沸　ふくわかし

若水〔149頁〕を沸かすこと。

4音　**福鍋**《ふくなべ》

雑煮餅　ぞうにもち　ざふにもち　⇩雑煮《ぞうに》〔137頁〕

例　めでたさも一茶位や雑煮餅　正岡子規

雑煮椀　ぞうにわん　ざふにわん　⇩雑煮〔同右〕

例　父の座に父居るごとく雑煮椀　角川春樹

雑煮箸　ぞうにばし　ざふにばし　⇩太箸《ふとばし》〔145頁〕

祝箸　いわいばし　いはひばし　⇩太箸〔同右〕

小殿原　ことのばら　⇩田作《たづくり》〔145頁〕

5音

鏡餅　かがみもち

例　真昼間の天に音なし鏡餅　橋本薫

4音　**御鏡**《おかがみ》

6音　**餅鏡**《もちいかがみ》

飾餅　かざりもち　⇨鏡餅

年の礼　としのれい　⇩年賀〔137頁〕

年賀客　ねんがきゃく　⇩礼者《れいじゃ》〔138頁〕

年始客　ねんしきゃく　⇩礼者〔同右〕

初礼者　はつれいじゃ　⇩礼者〔同右〕

お年玉　おとしだま　⇩年玉〔145頁〕

年賀状　ねんがじょう　ねんがじやう　⇩賀状〔138頁〕

例　新居にも実家にも来て年賀状　中矢温

宝船　たからぶね

三が日〔153頁〕の夜、良い夢を見るよう枕の下に敷いた宝船の絵。

例　宝船ひらひらさせてみたりけり　西村麒麟

初枕　はつまくら　⇩初夢〔146頁〕

貘枕　ばくまくら　⇩初夢〔同右〕

ひめ始／飛馬始／姫始　ひめはじめ

新年初めての男女の交わり、初めての乗馬、姫飯《ひめいい》（柔らかく炊いた米）の食べ始めなど。

筆始　ふではじめ　⇩書初《かきぞめ》〔146頁〕

初相場　はつそうば　はつさうば

6音 **大発会《だいはつかい》**

福袋　ふくぶくろ

歳旦句　さいたんく　⇩歳旦開《さいたんびらき》〔168頁〕

初句会　はつくかい　はつくくわい

6音 **句会始《くかいはじめ》**　**初吟行**

7音 **新年句会**

旅始　たびはじめ　⇩初旅〔146頁〕

出初式　でぞめしき　⇩出初《でぞめ》〔138頁〕

梯子乗　はしごのり　⇩出初〔同右〕

七日粥　なぬかがゆ　⇩七種粥《ななくさがゆ》〔164頁〕

例　七曜を忘れてすごす七日粥　檜紀代

薺打つ　なずなうつ　なづなうつ

七種粥《ななくさがゆ》〔164頁〕に入れる薺を刻むこと。

薺打　なずなうち　なづなうち　⇨薺打つ

薺摘む　なずなつむ　なづなつむ

春の七草《ななくさ》〔169頁〕の一つである薺を摘むこと。

薺摘　なずなつみ　なづなつみ　⇨薺摘む

若菜摘む　わかなつむ

七種粥《ななくさがゆ》〔164頁〕に入れる若菜を摘むこと。

若菜摘　わかなつみ　⇨若菜摘

松納　まつおさめ　まつをさめ

正月に飾った門松を取り払うこと。時期は地域によって異なる。

6音 **門松取る**

7音 **正月送り**

松おろし まつおろし ⇨松納

鳥総松 とぶさまつ

門松を取り払った後の穴に挿しておくために門松から抜いた松の一枝。

例 鳥総松よそにはよその灯がついて　飯島晴子

鏡割 かがみわり ⇩鏡開《かがみびらき》〔164頁〕

餅手鞠 もちでまり ⇩餅花《もちばな》〔146頁〕

餅の花 もちのはな ⇩餅花〔同右〕

繭団子 まゆだんご ⇩繭玉《まゆだま》〔146頁〕

小豆粥 あずきがゆ　あづきがゆ ⇩十五日粥《じゅうごにちがゆ》〔168頁〕

松飾 まつかざり ⇩門松《かどまつ》〔146頁〕

飾松 かざりまつ ⇩門松〔同右〕

門飾 かどかざり ⇩門松〔同右〕

門の松 もんのまつ ⇩門松〔同右〕

門の竹 もんのたけ ⇩門松〔同右〕

注連飾 しめかざり ⇩注連縄《しめなわ》〔147頁〕

縄飾 なわかざり　なはかざり ⇩注連縄〔同右〕

飾縄 かざりなわ　かざりなは ⇩注連縄〔同右〕

掛飾 かけかざり ⇩注連縄〔同右〕

年男 としおとこ　としをとこ

正月の祭主となる男性。ただし、近年はその年の干支の男性のこと。

年女 としおんな　としをんな ⇨年男

初手水 はつちょうず　はつてうづ

元旦に若水《わかみず》〔149頁〕で手や顔を洗うこと。

初箒 はつぼうき　はつばうき ⇩掃初《はきぞめ》〔147頁〕

初掃除 はつそうじ　はつさうぢ ⇩掃初〔同右〕

初座敷 はつざしき

その年初めて客を迎え入れる座敷。

初暦 はつごよみ

その年の暦を使い始めること。

6音 ▷ **暦開《こよみびらき》**

5音

初湯殿　はつゆどの　⇩初湯《はつゆ》〔138頁〕

刷始　すりはじめ　⇩初刷《はつずり》〔147頁〕

初写真　はつしゃしん

初便　はつだより

初電話　はつでんわ

初笑　はつわらい　はつわらひ

笑初　わらいぞめ　わらひぞめ　⇨初笑

初鏡　はつかがみ

例　我を見て笑ふ我あり初鏡　岸本尚毅

初化粧　はつげしょう　はつげしやう　⇨初鏡

化粧初　けわいぞめ　けはいぞめ　⇨初鏡

初日記　はつにっき

6音　**日記始《にっきはじめ》**

新日記　しんにっき　⇨初日記

縫始　ぬいはじめ　ぬひはじめ　⇩縫初《ぬいぞめ》〔147頁〕

針起し　はりおこし　⇩縫初〔同右〕

初竈　はつかまど

4音　**焚初《たきぞめ》**

初茶湯　はつちゃのゆ　⇩初釜《はつがま》〔147頁〕

釜始　かまはじめ　⇩初釜〔同右〕

初点前　はつてまえ　はつてまへ　⇩初釜〔同右〕

初電車　はつでんしゃ　⇩乗初《のりぞめ》〔147頁〕

鍬始　くわはじめ　くははじめ

4音　**鍬初《くわぞめ》**　**鋤初《すきぞめ》**

鋤始　すきはじめ　⇨鍬始

初田打　はつたうち　⇨鍬始

農始　のうはじめ　⇨鍬始

山始　やまはじめ

新年になって初めて山に登ること。

漁始　りょうはじめ　れふはじめ　⇩初漁〔147頁〕

歌がるた　うたがるた　⇩歌留多《かるた》〔139頁〕

花歌留多　はながるた　⇩歌留多〔同右〕

歌留多取　かるたとり　⇩歌留多〔同右〕

歌留多会　かるたかい　かるたくわい　⇩歌留多〔同右〕

絵双六　えすごろく　ゑすごろく　⇩双六《すごろく》〔148頁〕

例　見えてゐて京都が遠し絵双六　西村麒麟

投扇　なげおうぎ　なげあふぎ　⇩投扇興《とうせんきょう》〔165頁〕

扇投　おうぎなげ　あふぎなげ　⇩投扇興〔同右〕

福笑　ふくわらい　ふくわらひ

例　福笑のつぺらぼうにして畳む　西原天気

手毬唄　てまりうた　⇩手毬〔139頁〕

手毬つく　てまりつく　⇩手毬〔同右〕

例　手毬つく顔付のふとおそろしく　京極杞陽

独楽廻し　こままわし　こままはし　⇩独楽《こま》〔134頁〕

喧嘩独楽　けんかごま　けんくわごま　⇩独楽〔同右〕

初稽古　はつげいこ　⇩稽古始《けいこはじめ》〔165頁〕

琴始　ことはじめ　⇩弾初《ひきぞめ》〔148頁〕

獅子頭　ししがしら　⇩獅子舞《ししまい》〔148頁〕

5音

猿廻し　さるまわし　さるまはし

4音　**猿曳《さるひき》**

傀儡師　かいらいし　くわいらいし

操《あやつ》り人形を使った正月の門付《かどつけ》の一つ。

4音　**傀儡師《くぐつし》**　**傀儡《かいらい》**

7音　**人形廻《にんぎょうまわ》し**

木偶廻し　でくまわし　でくまはし　⇨傀儡師

初芝居　はつしばい　はつしばゐ

初相撲　はつずもう　はつずまふ　⇩初場所〔149頁〕

寝正月　ねしょうがつ　ねしやうぐわつ

例　鼠ゐぬ天井さびし寝正月　小川軽舟

井華水　せいかすい　せいくわすい　⇩若水《わかみず》〔149頁〕

5音　行事

四方拝　しほうはい　しはうはい

宮中の元旦の儀式。天皇が天地四方の神を拝む。

弓始　ゆみはじめ
その年初めて弓をひくこと。もとは宮中の行事。

初詣　はつもうで　はつまうで
例 頭ほど大きな鈴や初詣　西村麒麟
例 生きている人がたくさん初詣　鳴戸奈菜

初参　はつまいり　はつまゐり　⇨初詣

恵方道　えほうみち　ゑはうみち　⇩恵方詣《えほうまいり》〈165頁〉

白朮祭　おけらさい　をけらさい　⇩白朮詣《おけらまいり》〈165頁〉

白朮縄　おけらなわ　をけらなは　⇩白朮詣〈同右〉

初神楽　はつかぐら
その年初めての神楽〈30頁〉。
6音 **神楽始《かぐらはじめ》**

玉せせり　たませせり
一月三日、筥崎宮《はこざきぐう》（福岡市）の神事。二組の男たちが玉を奪い合う。
4音 **玉せり**
7音 **玉取祭《たまとりまつり》**　**玉競祭《たませりまつり》**

土竜打　もぐらうち
田畑や地面を棒などで叩き豊作を祈願する小正月〈153頁〉の行事。
例 東洲斎写楽頤《あご》出しもぐら打つ　長谷川双魚
6音 **おんごろ打**

土竜追　もぐらおい　もぐらおひ　⇨土竜打

どんど焼　どんどやき　⇩左義長〈149頁〉

初戎　はつえびす　⇩十日戎《とおかえびす》〈166頁〉

宵戎　よいえびす　よひえびす　⇩十日戎〈同右〉

戎笹　えびすざさ　⇩十日戎〈同右〉

お山焼　おやまやき　⇩奈良の山焼〈168頁〉

初薬師　はつやくし
一月八日、その年初めて薬師如来に参詣すること。

初閻魔　はつえんま
一月一六日、その年初めて閻魔堂に参詣すること。

初大師　はつだいし
一月二一日、その年最初の弘法大師の縁日。
6音　**初弘法**《はつこうぼう》

初不動　はつふどう
一月二八日、その年最初の不動尊の縁日。

成木責　なりきぜめ
小正月〈153頁〉の豊穣祈願の行事。「成るか成らぬか」などと言いつつ、果樹に刃物で傷をつける。

才麿忌　さいまろき
旧暦正月二日。俳人、椎本《しいのもと》才麿（一六五六〜一七三八）の忌日。

元三会　がんざんえ　ぐわんざんゑ
旧暦正月三日。天台宗の僧、慈恵大師良源（九一二〜八五）の忌日。
6音　**慈恵大師忌**《じえだいしき》
8音　**元三大師忌**《がんざんだいしき》

元三忌　がんざんき　ぐわんざんき　⇨元三会

義朝忌　よしともき
旧暦正月三日。武将、源義朝（一一二三〜六〇）の忌日。

夕霧忌　ゆうぎりき　ゆふぎりき
旧暦正月六日。遊女、夕霧太夫《たゆう》（生年不詳〜一六七八）の忌日。

義政忌　よしまさき
旧暦正月七日。室町幕府第八代将軍、足利義政（一四三六〜九〇）の忌日。
8音　**慈照院殿忌**《じしょういんでんき》

豊国忌　とよくにき
旧暦正月七日。浮世絵師、歌川豊国（一七六九〜一八二五）の忌日。

頼朝忌　よりともき
旧暦正月一三日。鎌倉幕府初代将軍、源頼朝（一一四七〜九九）の忌日。

一蝶忌　いっちょうき　いってふき

旧暦正月一三日。画家、英《はなぶさ》一蝶（一六五二〜一七二四）の忌日。

契沖忌　けいちゅうき

旧暦正月二五日。僧侶・国学者・歌人、契沖（一六四〇〜一七〇一）の忌日。

5音　動物

嫁が君　よめがきみ

三が日の鼠《ねずみ》の呼称。

初雀　はつすずめ

初鴉／初烏　はつがらす

5音　植物

親子草　おやこぐさ　⇩楪《ゆずりは》〔151頁〕

鳳尾草　ほうびそう　ほうびさう　⇩歯朶《しだ》〔134頁〕

福寿草　ふくじゅそう　ふくじゆさう

キンポウゲ科の多年草。花は黄色で多弁。

例 福寿草むかし電話は玄関に　林昭太郎

例 日のあたる窓の硝子や福寿草　永井荷風

6音 **元日草《がんじつそう》**

七草菜　ななくさな　⇩若菜〔140頁〕

根白草　ねじろぐさ

芹《せり》（三春の季語）の異称。春の七草〔169頁〕の一つ。

仏の座　ほとけのざ

キク科の越年草。花は黄色。春の七草〔169頁〕の一つ。

4音 **田平子《たびらこ》**

6音 **かはらけ草《そう》**

6音の季語

6音　時候

迎ふる年　むかふるとし　⇩新年〈141頁〉

年の始　としのはじめ　⇩新年〈同右〉

初春月　はつはるづき　⇩正月〈141頁〉

初空月　はつぞらづき　⇩正月〈同右〉

端正月　たんしょうがつ　たんしやうぐわつ　⇩正月〈同右〉

正陽月　せいようげつ　せいやうげつ　⇩正月〈同右〉

王春月　おうしゅんげつ　わうしゆんげつ　⇩正月〈同右〉

春正月　しゅんしょうがつ　しゆんしやうぐわつ　⇩正月〈同右〉

人正月　じんしょうがつ　じんしやうぐわつ　⇩正月〈同右〉

月の始　つきのはじめ　⇩元日〈143頁〉

三の始　さんのはじめ　⇩元日〈同右〉

春の旦　はるのあした　⇩元旦〈143頁〉

初暁　はつあかつき　⇩元旦〈同右〉

人勝節　じんしょうせつ　⇩七日《なのか》〈136頁〉

花正月　はなしょうがつ　はなしやうぐわつ　⇩小正月〈153頁〉

望正月　もちしょうがつ　もちしやうぐわつ　⇩小正月〈同右〉

若正月　わかしょうがつ　わかしやうぐわつ　⇩小正月〈同右〉

二十日団子　はつかだんご　⇩二十日正月《はつかしょうがつ》〈167頁〉

骨正月　ほねしょうがつ　ほねしやうぐわつ　⇩二十日正月〈同右〉

6音　天文

初東雲　はつしののめ

元旦の東の空。

例　初東雲タオルに深く顔沈め　小池康生

富正月　とみしょうがつ　とみしやうぐわつ　⇩御《お》降《さが》り〈144頁〉

6音　生活

花弁餅／葩餅　はなびらもち
初釜〔147頁〕のときに出される菓子。餅の中に白餡と甘く煮た牛蒡を挟む。
8音 **菱葩餅**《ひしはなびらもち》

雑煮祝ふ　ぞうにいわう　ざふにいはふ　⇩雑煮《ぞうに》〔137頁〕

羹を祝ふ　かんをいわう　かんをいはふ　⇩雑煮〔同右〕

切山椒　きりざんしょう　きりざんせう
山椒粉と砂糖で作る菓子。酉《とり》の市《いち》の縁起物。

餅鏡　もちいかがみ　もちひかがみ　⇩鏡餅《かがみもち》〔155頁〕

正月礼　しょうがつれい　しやうぐわつれい　⇩年賀〔137頁〕

年始廻り　ねんしまわり　ねんしまはり　⇩年賀〔同右〕

女礼者　おんなれいじゃ　をんなれいじや　⇩礼者《れいじゃ》〔138頁〕

年賀はがき　ねんがはがき　⇩賀状〔138頁〕

読書始　どくしょはじめ　⇩読初《よみぞめ》〔146頁〕

仕事始　しごとはじめ

御用始　ごようはじめ　⇨仕事始

大発会　だいはっかい　だいはつくわい　⇩初相場〔156頁〕

初商　はつあきない　はつあきなひ

節振舞　せちぶるまい　せちぶるまひ　⇩節《せち》〔134頁〕

新年会　しんねんかい　しんねんくわい

歳旦帖　さいたんちょう　さいたんてふ　⇩歳旦開《さいたんびらき》〔168頁〕

句会始　くかいはじめ　くくわいはじめ　⇩初句会〔156頁〕

初吟行　はつぎんこう　⇩初句会〔同右〕

七種粥／七草粥　ななくさがゆ
人日の節句（一月七日）の朝に食べる粥。春の七草〔169頁〕を入れる。
5音 **七日粥**《なぬかがゆ》

門松取る　かどまつとる　⇩松納《まつおさめ》〔156頁〕

鏡開　かがみびらき
供えていた鏡餅を下げて食べること。

5音 **鏡割**《かがみわり》

8音 **鏡餅開**《かがみもちひら》**く**

蓬莱台　ほうらいだい　⇩蓬莱飾〔168頁〕

蓬莱盆　ほうらいぼん　⇩蓬莱飾〔同右〕

暦開　こよみびらき　⇩初暦《はつごよみ》〔157頁〕

日記始　にっきはじめ　⇩初日記〔158頁〕

茶湯始　ちゃのゆはじめ　⇩初釜

いろは歌留多　いろはがるた　⇩歌留多《かるた》〔139頁〕

歌留多遊　かるたあそび　⇩歌留多〔同右〕

投扇興　とうせんきょう

開いた扇を的に投げる正月の遊び。

例　投扇興ゆるりと人の世に落ちる　斉田仁

4音 **投扇**《とうせん》

5音 **投扇**《なげおうぎ》　**扇投**《おうぎなげ》

稽古始　けいこはじめ

5音 **初稽古**《はつげいこ》

一月場所　いちがつばしょ　いちぐわつばしよ　⇩初場所〔149頁〕

正月場所　しょうがつばしょ　しやうぐわつばしよ　⇩初場所〔同右〕

一番水　いちばんみず　いちばんみづ　⇩若水《わかみず》〔149頁〕

6音　行事

成人の日　せいじんのひ

恵方詣　えほうまいり　ゑはうまゐり

元日にその年の恵方（干支で決まる）にある社寺に参詣すること。

3音 **恵方**《えほう》

5音 **恵方道**《えほうみち》

恵方拝　えほうおがみ　ゑはうをがみ　⇨恵方詣

白朮詣　おけらまいり　をけらまゐり

大晦日の夜から元旦にかけて八坂神社（京都市）に参詣すること。白朮《おけら》を加えた篝火《かがりび》から縄に火をもらい、消えないように振り回しながら家に持ち帰る。

4音 **白朮火**《おけらび》

5音 **白朮祭**《おけらさい》　**白朮縄**《おけらなわ》

神楽始　かぐらはじめ　⇩初神楽《はつかぐら》〔160頁〕

おんごろ打　おんごろうち　⇩土竜打《もぐらうち》〔160頁〕

おんごろは近畿などの方言で土竜《もぐら》のこと。

十日戎　とおかえびす　とをかえびす

一月一〇日の戎祭。今宮戎神社《いまみやえびす》（大阪市）、西宮神社《にしのみや》（兵庫県西宮市）が代表的。

4音 **福笹**《ふくざさ》　**吉兆**《きっちょう》

5音 **初戎**《はつえびす》　**宵戎**《よいえびす》　**戎笹**《えびすざさ》

戎祭　えびすまつり　⇨十日戎

初天神　はつてんじん

一月二五日、その年初めて天満宮に参詣すること。

初卯詣　はつうもうで　はつうまうで　⇩初卯

初弁天　はつべんてん

その年最初の巳の日に弁財天に参詣すること。

3音 **初巳**《はつみ》

8音 **初弁財天**《はつべんざいてん》

初観音　はつかんのん　はつくわんおん

一月一八日、その年初めて観音菩薩を祀る寺に参詣すること。

初弘法　はつこうぼう　はつこうぼふ　⇩初大師《はつだいし》〔161頁〕

慈恵大師忌　じえだいしき　じゑだいしき　⇩元三会《がんざんえ》〔161頁〕

6音　動物

初鶯　はつうぐいす　はつうぐひす

飼われた鶯がその年初めて鳴くこと。

6音　植物

元日草　がんじつそう　ぐわんじつさう　⇩福寿草〔162頁〕

かはらけ草　かわらけそう　かはらけさう　⇩仏の座〔162頁〕

7音の季語

7音 時候

新しき年 あたらしきとし ⇩新年〔141頁〕

新玉の年 あらたまのとし ⇩新年〔同右〕

改まる年 あらたまるとし ⇩新年〔同右〕

年立返る としたちかえる としたちかへる ⇩新年〔同右〕

年改まる としあらたまる ⇩新年〔同右〕

霞初月 かすみそめづき ⇩正月〔141頁〕

七日正月 なぬかしょうがつ なぬかしやうぐわつ ⇩七日《なのか》〔136頁〕

七日の節句 なぬかのせっく ⇩七日〔同右〕

二番正月 にばんしょうがつ にばんしやうぐわつ ⇩小正月《こしょうがつ》〔153頁〕

女正月 おんなしょうがつ をんなしやうぐわつ

一月一五日（小正月）。暮から正月に多忙だった女性がひと息つく日。

5音 **女正月《めしょうがつ》**

二十日正月 はつかしょうがつ はつかしやうぐわつ

6音 **二十日《はつか》団子《だんご》** **骨正月《ほねしょうがつ》**

団子正月 だんごしょうがつ だんごしやうぐわつ ⇨二十日正月

頭正月 かしらしょうがつ かしらしやうぐわつ ⇨二十日正月

7音 生活

正月小袖 しょうがつこそで しやうぐわつこそで ⇩春着《はるぎ》〔137頁〕

俎始 まないたはじめ

新年に初めて俎《まないた》や庖丁を使うこと。

庖丁始　ほうちょうはじめ　はうちやうはじめ　⇨俎始

年賀郵便　ねんがゆうびん　ねんがいうびん　⇩賀状〔138頁〕

年賀電報　ねんがでんぽう　⇩賀状〔同右〕

賀状配達　がじょうはいたつ　がじやうはいたつ　⇩賀状〔同右〕

歳旦開　さいたんびらき

新年に開く連歌・俳諧の集まり。

5音　**歳旦句**《さいたんく》

6音　**歳旦帖**《さいたんちょう》

8音　**歳旦三**《さいたんみ》**つ物**《もの》

新年句会　しんねんくかい　しんねんくくわい　⇩初句会〔156頁〕

正月送り　しょうがつおくり　しやうぐわつおくり　⇩松納《まつおさめ》〔156頁〕

十五日粥　じゅうごにちがゆ　じふごにちがゆ

一月一五日の朝、粥を作る習慣。

5音　**小豆粥**《あずきがゆ》

蓬莱飾　ほうらいかざり

正月の飾りの一つ。三方に紙を敷き、縁起物を積み上げ、床の間に置く。

4音　**蓬莱**《ほうらい》

6音　**蓬莱台**《ほうらいだい》　**蓬莱盆**《ほうらいぼん》

百人一首　ひゃくにんいっしゅ　⇩歌留多《かるた》〔139頁〕

人形廻し　にんぎょうまわし　にんぎやうまはし　⇩傀儡師《かいらいし》〔159頁〕

箱根駅伝　はこねえきでん

4音　**駅伝**

7音　行事

歌会始　うたかいはじめ　うたくわいはじめ

玉取祭　たまとりまつり　⇩玉せせり〔160頁〕

玉競祭　たませりまつり　⇩玉せせり〔同右〕

奈良の山焼　ならのやまやき

一月第四土曜日、若草山（奈良県）の山焼。

5音

お山焼《やまやき》

8音

三笠《みかさ》の山焼《やまやき》

初辰の水　はつたつのみず　はつたつのみづ　⇩初辰《はったつ》（150頁）

初寅詣　はつとらもうで　はつとらまうで　⇩初寅《はつとら》（150頁）

初寅参　はつとらまいり　はつとらまゐり　⇩初寅（同右）

小楠公忌　しょうなんこうき　せうなんこうき　⇩野《や》坡《ば》忌《き》（140頁）

7音　植物

春の七草　はるのななくさ

芹《せり》、薺《なずな》、御形《おぎょう》、繁縷《はこべら》、仏の座、菘《すずな》、蘿蔔《すずしろ》。七種粥《ななくさがゆ》（164頁）に入れる。

7音

8音以上の季語

8音　生活

屠蘇延命散　とそえんめいさん　⇩屠蘇《とそ》〔134頁〕

菱葩餅　ひしはなびらもち　⇩花弁餅《はなびらもち》〔164頁〕

歳旦三つ物　さいたんみつもの　⇩歳旦開《さいたんびらき》〔168頁〕
歳旦開で詠まれる発句・脇・第三の三句。

鏡餅開く　かがみもちひらく　⇩鏡開《かがみびらき》〔164頁〕
例　鏡餅開くや夜の水平線　津川絵理子

道中双六　どうちゅうすごろく　だうちゆうすごろく　⇩双六《すごろく》〔148頁〕

8音　行事

三笠の山焼　みかさのやまやき　⇩奈良の山焼〔168頁〕

初弁財天　はつべんざいてん　⇩初弁天〔166頁〕

摩利支天詣　まりしてんまいり　まりしてんまゐり　⇩初亥《はつい》〔140頁〕

元三大師忌　がんざんだいしき　ぐわんざんだいしき　⇩元三会《がんざんえ》〔161頁〕

慈照院殿忌　じしょういんでんき　じせうゐんでんき　⇩義《よし》政忌《まさき》〔161頁〕

9音　時候

十五日正月　じゅうごにちしょうがつ　じふごにちしやうぐわつ　⇩小正月《こしょうがつ》〔153頁〕

主要季語索引

か

く

け

こ

さ

し

す

ち

つ

て

と

な

ひ

へ

ほ

ま

監修者略歴――――
岸本尚毅（きしもと・なおき）

俳人。1961 年岡山県生まれ。『「型」で学ぶはじめての俳句ドリル』『ひらめく！作れる！俳句ドリル』『十七音の可能性』『文豪と俳句』『室生犀星俳句集』など編著書多数。監修に本書の既刊『音数で引く俳句歳時記・春』『音数で引く俳句歳時記・夏』がある。岩手日報・山陽新聞選者。俳人協会新人賞、俳人協会評論賞など受賞。2018・2021 年度のＥテレ「NHK 俳句」選者。角川俳句賞等の選考委員をつとめる。公益社団法人俳人協会評議員。

編者略歴――――
西原天気（さいばら・てんき）

1955 年生まれ。句集に『人名句集チャーリーさん』（2005 年・私家版）、『けむり』（2011 年 10 月・西田書店）。2007 年 4 月よりウェブサイト「週刊俳句」を共同運営。2010 年 7 月より笠井亞子と『はがきハイク』を不定期刊行。編著に本書の既刊『音数で引く俳句歳時記・春』『音数で引く俳句歳時記・夏』『音数で引く俳句歳時記・秋』がある。

音数で引く俳句歳時記・冬+新年

2023 年 11 月 6 日　第 1 刷発行

監修者　岸本尚毅
編　者　西原天気
装幀者　間村俊一
発行者　碇　高明
発行所　株式会社 草思社
〒160-0022　東京都新宿区新宿1-10-1
電話　営業 03(4580)7676　編集 03(4580)7680

本文組版　株式会社 キャップス
印刷所　中央精版印刷 株式会社
製本所　大口製本印刷 株式会社

ISBN978-4-7942-2681-5 Printed in Japan　検印省略